Tucholsky   Wagner   Zola   Scott   Schlegel
Turgenev   Wallace   Fonatne Sydow   Freud

        Twain   Walther von der Vogelweide   Fouqué   Friedrich II. von Preußen
                    Weber   Freiligrath   Frey
Fechner   Weiße Rose   von Fallersleben   Kant   Ernst
        Fichte   Richthofen   Frommel
        Engels   Fielding   Hölderlin
Fehrs   Eichendorff   Tacitus   Dumas
        Faber   Flaubert
                                      Eliasberg   Ebner Eschenbach
        Maximilian I. von Habsburg   Fock   Eliot   Zweig
Feuerbach   Ewald   Vergil
        Goethe   Elisabeth von Österreich   London
Mendelssohn   Balzac   Shakespeare   Dostojewski   Ganghofer
                    Lichtenberg   Rathenau   Doyle   Gjellerup
        Trackl   Stevenson   Hambruch
Mommsen   Tolstoi   Lenz   Droste-Hülshoff
        Thoma   Hanrieder
Dach   Verne   von Arnim   Hägele   Hauff   Humboldt
        Reuter
        Karrillon   Rousseau   Hagen   Hauptmann
                    Garschin   Gautier
        Damaschke   Defoe   Hebbel   Baudelaire
                        Descartes
Wolfram von Eschenbach   Dickens   Schopenhauer   Hegel   Kussmaul   Herder
        Bronner   Darwin   Melville   Grimm Jerome   Rilke   George
        Campe   Horváth   Aristoteles   Bebel   Proust
Bismarck   Vigny   Barlach   Voltaire   Federer   Herodot
                Gengenbach   Heine
Storm   Casanova   Tersteegen   Gilm   Grillparzer   Georgy
            Chamberlain   Lessing   Langbein   Gryphius
Brentano   Lafontaine
Strachwitz   Claudius   Schiller   Kralik   Iffland   Sokrates
                        Bellamy   Schilling
        Katharina II. von Rußland   Gerstäcker   Raabe   Gibbon   Tschechow

Löns   Hesse   Hoffmann   Gogol   Wilde   Vulpius
        Luther   Heym   Hofmannsthal   Gleim
            Roth   Heyse   Klopstock   Klee   Hölty   Morgenstern
Luxemburg   Puschkin   Homer   Kleist   Goedicke
                La Roche   Horaz   Mörike   Musil
        Machiavelli
Navarra   Aurel   Musset   Kierkegaard   Kraft   Kraus
                        Lamprecht   Kind   Moltke
Nestroy   Marie de France   Kirchhoff   Hugo
                        Laotse   Ipsen   Liebknecht
Nietzsche   Nansen   Ringelnatz
            Marx   Lassalle   Gorki   Klett   Leibniz
von Ossietzky   May   Irving
                    vom Stein   Lawrence
Petalozzi
        Platon   Pückler   Knigge
        Sachs   Poe   Michelangelo   Kock   Kafka
            de Sade   Praetorius   Mistral   Liebermann   Korolenko
                                    Zetkin

Der Verlag tredition aus Hamburg veröffentlicht in der Reihe **TREDITION CLASSICS** Werke aus mehr als zwei Jahrtausenden. Diese waren zu einem Großteil vergriffen oder nur noch antiquarisch erhältlich.

Symbolfigur für **TREDITION CLASSICS** ist Johannes Gutenberg (1400 — 1468), der Erfinder des Buchdrucks mit Metalllettern und der Druckerpresse.

Mit der Buchreihe **TREDITION CLASSICS** verfolgt tredition das Ziel, tausende Klassiker der Weltliteratur verschiedener Sprachen wieder als gedruckte Bücher aufzulegen – und das weltweit!

Die Buchreihe dient zur Bewahrung der Literatur und Förderung der Kultur. Sie trägt so dazu bei, dass viele tausend Werke nicht in Vergessenheit geraten.

Kindergeschichten

Louise Anklam

Impressum

Autor: Louise Anklam
Umschlagkonzept: toepferschumann, Berlin

Verlag: tradition GmbH, Hamburg
ISBN: 978-3-8424-8795-6
Printed in Germany

Ziel der TREDITION CLASSICS ist es, tausende deutsch- und
fremdsprachige Klassiker wieder in Buchform verfügbar zu
machen. Die Werke wurden eingescannt und digitalisiert. Dadurch
können etwaige Fehler nicht komplett ausgeschlossen werden.
Unsere Kooperationspartner und wir von tredition versuchen, die
Werke bestmöglich zu bearbeiten. Sollten Sie trotzdem einen Fehler
finden, bitten wir diesen zu entschuldigen. Die Rechtschreibung der
Originalausgabe wurde unverändert übernommen. Daher können
sich hinsichtlich der Schreibweise Widersprüche zu der heutigen
Rechtschreibung ergeben.

Text der Originalausgabe

Louise Anklam

Kindergeschichten

Für Knaben und Mädchen im Alter von 7–12 Jahren

Was der Weihnachtsmann allen fleißigen und artigen Kindern verspricht

Hört, ihr lieben Kinder, recht aufmerksam zu! Ihr wißt alle, welch froher Zeit wir entgegensehen.

Nur wenig Wochen noch, und der herrliche Weihnachtsabend ist wieder da! Nicht wahr, das ist der schönste Abend im ganzen Jahr?

Wißt ihr kleinen Schelme aber auch, was der liebe, heilige Christ von euch verlangt, wenn er euch recht viele schöne Spielsachen bringen soll und alles, was euer kleines Herz erfreut?

Der liebe Gott will, daß ihr euch so vieler Güte wert macht, stets fleißig und folgsam euren lieben Eltern und Lehrern seid, und diese nie durch Unart und Trägheit erzürnt. Er verlangt ferner, daß ihr eure kleinen Herzen reinhaltet von jeder geheimen Sünde. Nie sollt ihr es vergessen, wenn ihr unrecht denkt oder handelt, daß der Vater im Himmel überall ist und alles weiß und sieht. Der liebe Gott kennt eure geheimsten Gedanken, ihn, der euch allezeit beschützt, werdet ihr auch gewiß nie erzürnen und betrüben wollen. Ihr werdet euch immer redlich Mühe geben, recht brav und fleißig zu Hause und in der Schule zu sein. Ihr wißt ja, wie gut eure Eltern und Lehrer zu euch sind, und wieviel Geduld diese mit euch haben. Ihr habt gewiß auch den besten Willen, ihnen recht viele Freude zu machen.

Wenn ihr gute Kinder seid, so hört denn nun auch, was euer aller Freund, der Weihnachtsmann, euch verspricht. Wenn der Schnee auch noch so hohe Berge zusammentreibt, so will er sich doch durcharbeiten, um euch einen prächtigen Weihnachtsbaum mit vielen Lichten, Marzipan und vergoldeten Äpfeln und Nüssen zu bringen. Er verspricht euch schöne Spielsachen und auch Bücher, aus denen ihr lernen sollt, damit ihr kluge und gute Menschen werdet. Alles will der liebe, heilige Christ euch bringen, was euch Freude macht. Von ferne will er dann hören, –denn sehen läßt er sich nun einmal nicht –ob ihr eure Weihnachtsgedichte recht schön gelernt habt: ob ihr Geschwister auch recht verträglich und gefällig miteinander seid; ob ihr alle Gaben recht in Ehren haltet und diese ordentlich verwahrt, oder es macht wie unartige Kinder, die alles umherwerfen und entzweimachen.

Ich kenne ein kleines Mädchen, welches einst eine Arche Noah bekam, und denkt euch, schon am Christabend drehte sie den kleinen Holzfrauen und -männchen die Köpfe ab!

Was meint ihr wohl, was da der Weihnachtsmann tat? –Alles hat er fortgeholt. Als das kleine Mädchen am anderen Morgen aufwachte, waren alle die schönen Sachen verschwunden. –Seht ihr, so geht es, wenn man die hübschen Geschenke zerstört. Später hat die Kleine so etwas nie wieder versucht, sie wurde sogar sehr ordentlich. Darum entging sie auch ferner solcher Strafe und hatte nie wieder einen so traurigen Weihnachtsmorgen zu erleben. –

So, meine lieben Kinderchen, nun habe ich euch genug von dem guten Weihnachtsmann erzählt. Empfangt ihn nun mit Jubel in eurem Hause und in eurem Herzen! Freut euch recht sehr und springt lustig und glücklich herum. Laßt euch alle Näschereien wohlschmecken und gut bekommen. Träumt die ganze Nacht von allen Herrlichkeiten und erwacht am Morgen zu neuer Wonne und frohem Spiel!

Lebt nun alle wohl und beherzigt, was ich euch gesagt habe, damit es immer nur frohe Weihnachtsabende bei euch gibt. –

Nehmt noch einen herzlichen Gruß; der liebe Gott schütze und leite euch auch im neuen Jahr mit seiner Gnade und seiner Vatertreue!

Waldröschen

Das kleine Röschen war das Töchterchen eines Oberförsters und ein gar liebes, gutes Kind, das alle, die es kannten, sehr gern hatten und sich über sein frisches, munteres Wesen freuten. Jeder nannte es Waldröschen, weil es den ganzen Tag lustig im Walde umherlief und mit den Vögelein um die Wette sang. Leider hatte die arme Kleine ihr liebes Mütterchen so früh verloren, daß sie es nicht einmal gekannt hatte.

Tante Sibylle, die Schwester des Vaters, welche die Stelle der verstorbenen Mutter vertrat, liebte das Kind wohl herzlich, allein sie war sehr ernst und schweigsam, scherzte nie mit ihm und herzte es nicht, wie es eine Mutter wohl tut. Der Papa war in seinem Amt so beschäftigt, daß er sich nicht viel und anders als des Abends um die Kleine kümmern konnte. Dann schaukelte er sie auf seinen Knien und freute sich über ihr blühendes Aussehen, denn er liebte sein einziges Kind zärtlich und tat ihm gern alles zu Gefallen, was er nur konnte.

Als der Vater eines Abends später als sonst zurückkehrte und ihm Röschen schon weit entgegengelaufen war, sah sie von ferne, daß der Vater nicht allein, sondern in Begleitung eines großen, sehr stattlichen Herrn kam, und wollte schüchtern umkehren, allein der Vater, welcher das Kind schon bemerkt hatte, winkte es heran.

»Sich, Röschen,« sprach er, »das ist der Herr Graf, dem der schöne Wald jetzt gehört, seit unser guter, alter Herr Baron gestorben ist; mache einen artigen Knicks.«

Der Graf reichte dem hübschen Kinde sehr freundlich die Hand und sagte, es mit wohlgefälligen Blicken betrachtend: »Nicht wahr, du bist das kleine Waldröschen? Ich habe schon von dir gehört und habe auch ein Töchterchen, so groß wie du; dem habe ich versprechen müssen, deinen lieben Papa zu bitten, dich mitzubringen, wenn er am Sonntag zu uns kommt. Meine Magda sehnt sich schon danach, eine kleine Freundin zu bekommen.«

Der Vater, der seinem Kind gern eine Freude bereitete, nahm die gütige Einladung des Grafen dankbar an.

Röschen konnte die Zeit kaum erwarten und zahlte die Tage und Stunden, bis endlich der Sonntag herankam, an dem sie seelenvergnügt im hellen Sommerkleidchen und voll froher Erwartung neben dem Vater herhüpfte.

Der Vater hatte ihr erzählt, daß der Graf von Bergen in einem prachtvollen Schloß, eine halbe Stunde weit entfernt, wohne. Erst seit wenigen Monaten hatte dieser die herrliche Besitzung von seinem alten Onkel geerbt, auf der er nun mit seiner Familie lebte.

Wie erstaunt war unser Röschen, als sie das schöne Schloß sah mit dem reizenden Garten, in dem vorne ein Springbrunnen lustig plätscherte. Sie war so wenig aus ihrem Walde herausgekommen, daß sie beim Anblick dieser nie gekannten Herrlichkeiten ganz verwirrt wurde. Und sie wußte gar nicht, wie ihr geschah, als aus einer Laube eine schöne, vornehme Dame mit einem allerliebsten kleinen Mädchen heraustrat. Diese reichte ihr mit herzlicher Freundlichkeit die Hand und sprach:»Sieh, Magda, das ist das liebe, artige Röschen, von dem dir der Papa soviel erzählt hat, und auf das du dich schon so sehr gefreut hast. Gebt euch die Hand und spielt recht schön zusammen. Zuerst aber komm, mein liebes Röschen, nimm einige Erfrischungen zu dir und stärke dich nach dem weiten Gang.«

Röschen ließ es sich nun wohlschmecken, trank mit Behagen die feine Schokolade, aß den frischen Kuchen dazu und blickte verwundert in dem großen Speisesaal umher, denn solche Pracht hatte sie noch nie gesehen. –

Beide kleinen Mädchen wurden bald ganz vertraulich miteinander, denn auch Magda war ein gutes, freundliches Kind und sehr beglückt durch Röschens Besuch. Sie plauderten heiter, während sie die schöne Vesper einnahmen. Nachher führte Magda ihren lieben Besuch zu ihren vielen prachtvollen Spielsachen. –Was gab es da alles zu bewundern! Röschen war ganz sprachlos vor Erstaunen: so etwas hatte sie in ihrem Leben noch nicht zu sehen bekommen.

Ihr hättet nur sehen sollen, was sie für Augen machte! –Besonders fesselte ihre Aufmerksamkeit ein prachtvolles Puppenhaus. Das war aber auch so wunderschön, daß ich euch, meine kleinen Freundinnen, eine Beschreibung davon machen muß. Es war so vollkommen eingerichtet, als ob die Puppendamen eine ordentliche

Wirtschaft führen sollten. Da war ein großer Saal mit vergoldeten, roten Plüschmöbeln, daneben zu beiden Seiten die Wohnzimmer, welche mit den feinsten Möbeln und allem möglichen Luxus geschmückt waren.

Hier saß an einem Schreibtisch eine kleine Puppe und hielt ein zierliches Briefchen in der Hand. Dort sah man am Klavier ein kleines Püppchen mit ihrem Lehrer und auf dem Sofa die Mama, die Strümpfchen für ihre Puppentöchter strickte, neben dieser den Papa mit einer Zeitung in der Hand. Die ganze kleine Puppenfamilie war so fleißig und gemütlich beisammen, daß es eine Lust war, zuzusehen: es sah wirklich allerliebst aus.

Nach hinten lagen die Schlafzimmer der Püppchen: in ihnen waren niedliche Bettchen mit rotseidenen Steppdecken, Nachttischen, Waschtoiletten mit Marmorplatten, große Spiegel, kurz alles, was zu einer seinen und vollständig eingerichteten Schlafstube gehört.

Überall lagen weiche Teppiche, damit die Puppendämchen keine kalten Füße bekommen sollten. Durch einen langen Gang kam man endlich in die Küche; darin befand sich ein schöner weißer Kochherd, Tische und Spinde mit vielen Tellern, Schüsseln und anderem Geschirr. –Nichts fehlte auch hier. Sogar Handtücher für die Mädchen hingen an den Nägeln. Am Herd stand die Wirtschafterin mit einem großen Schlüsselbund an der Seite.

Vor einem Blechwännchen stand ein Mädchen, welches soeben Tassen gewaschen hatte. –Zu beschreiben ist es gar nicht. Ihr, meine kleinen Leser, hättet das alles sehen sollen und die großen Augen, die unser Röschen machte. Sie hatte wohl auch schöne Puppen und Spielsachen, womit die Liebe des Vaters sie erfreut hatte, aber von solchen Herrlichkeiten hatte sie keine Ahnung.

Magda, das einzige Kind ihrer sehr reichen Eltern, besaß noch viele andere kunstvolle und kostbare Spielereien: wollte ich euch die alle beschreiben, so müßte ich Bogen voll aufzählen, und damit würde ich euch doch wohl langweilen.

Als Röschen alles gesehen und bewundert hatte, gingen sie hinaus in den prächtigen Garten und Park. Auf einem Teich bewegten dort sich stolze Schwäne, die sich von den Kindern mit Brotkrumen füttern ließen, die Magda in einem Körbchen mitgenommen hatte.

Der Tag ging den glücklichen Kindern so schnell dahin, daß beide ganz traurig wurden, als Röschens Papa zur Heimkehr mahnte.

Das bescheidene, artige Kind hatte auch Magdas Eltern sehr gefallen, und sie baten den Vater, Röschen recht bald wieder mitzubringen, was dieser gern versprach. –

Artige Kinder gewinnen stets alle Herzen und finden Wohlgefallen bei Gott und Menschen, während eigensinnige und ungehorsame, die nur den lieben Gott und die guten Eltern erzürnen und betrüben, niemand leiden mag. –

Unterwegs konnte Röschen gar kein Ende finden, dem Papa von all den gesehenen Herrlichkeiten zu erzählen.

Lächelnd hörte dieser auf das fröhliche Geplauder seines Töchterchens. Wohl freute er sich, daß sein sonst so einsames Kind einen frohen Tag gehabt, aber dennoch mußte er sich die Frage vorlegen, ob es wohl recht sei, wenn er sein Röschen oft mit auf das Schloß nähme. Wie leicht konnten Gedanken und Wünsche das Herz des sonst so zufriedenen Kindes beschleichen, die ihm schädlich werden könnten, wenn es in seiner Unschuld zwischen seiner bescheidenen Heimat und der der reichen Grafentochter Vergleiche anstellte. Konnte da nicht Unzufriedenheit in das kleine Herzchen einziehen und das freundliche Gemüt der Kleinen Schaden leiden? – Allein hierüber sollte der besorgte Vater sehr bald beruhigt werden.

Am andern Morgen hörte er, wie Röschen zu seiner Schwester Sibylle ganz entzückt sagte: »Ach, Tantchen, die Magda wohnt in einem so großen schönen Schloß und hat so wunderschönes Spielzeug, daß ich es dir gar nicht beschreiben kann; die Pracht solltest du nur sehen!«

»Ei, sieh einmal, mein Röschen,« sprach der Vater da, »du tauschtest wohl gern mit der Magda, die einen so reichen Papa hat, der ihr so viele hübsche Sachen laufen kann? Wenn dein Vater dich auch recht von Herzen liebt, kann er dir doch nicht soviel Freude bereiten und dir keine so herrlichen Spielereien schenken und dich mit so vielem Schönen umgeben.«

Bei diesen Worten sah er sein Röschen gar traurig und liebreich an, als fürchte er, daß es ihm nicht immer so hold und rein erhalten bleiben könnte.

Das gute Kind aber lächelte seinen lieben Papa mit den blauen Äuglein freundlich an, umschlang ihn innig mit seinen runden Ärmchen und erwiderte: »Ein besseres Väterchen, wie ich habe, gibt es auf der ganzen Welt nicht! Ich freue mich nur über Magdas Sachen, aber haben will ich sie gar nicht. Lieber will ich nicht wieder hingehen, wenn mein Väterchen traurig und unzufrieden mit mir sein will. Mein schöner, grüner Wald ist mir tausendmal lieber als der prächtige Garten, in dem Magda spielt.«

»So ist es recht, mein Waldblümchen,« erwiderte gerührt der Vater, »bleibe stets ein frohes und zufriedenes Kind, so wirst du immer glücklich sein.«

Denkt auch ihr so, meine lieben Kinder, seid nie neidisch und seht nie verlangend auf anderer Gut, wenn einer von euren Spielkameraden reichere Eltern und daher schönere und wertvollere Spielsachen hat als ihr habt. Seid dem lieben Gott dankbar, wenn ihr gesund seid und treue, gute Eltern habt, die euch gern so viel Freude machen, wie nur in ihren Kräften steht, und betrübt sie nie durch Unzufriedenheit.

Und ihr, die ihr reiche und hochgestellte Eltern habt und alles, was euer Herz wünscht, vergeßt nie, dem lieben Gott im Himmel dafür zu danken. Denkt in eurem Glück auch der Armen, denn was ihr dem Geringsten tut, das habt ihr dem Herrn getan. Betet alle zu ihm, daß er mit seiner Vatertreue segnend und schützend über euch walte, daß kein böser Gedanke eure reine Kinderseele beflecke.

So hört nun weiter, meine kleinen Leser, daß unser Waldröschen noch oft in das prächtige Schloß kam. Auch gelang es den Bitten der Gräfin, den Oberförster zu bewegen, Röschen einige Jahre ganz ihrer Obhut anzuvertrauen, um den Unterricht mit Magda zu teilen.

Die beiden kleinen Mädchen hatten sich wie Schwestern aneinander geschlossen und liebten sich zärtlich. Röschen war ein ebenso fleißiges Kind beim Lernen, wie sie lustig und verträglich beim Spiel war.

Dem Oberförster war es ohne sein Töchterchen sehr einsam, und er war glücklich, als nach beendeter Schulzeit Röschen wieder heimkehrte, und mit ihr wieder Leben in sein stilles Haus kam.

Tante Sibylle war vor kurzem gestorben. Röschen führte nun die Wirtschaft und sorgte mit warmer Kindesliebe für den teuren Vater, dessen Stolz und Kleinod sie blieb.

Mit Magda, die auch zu der anmutigsten Jungfrau herangeblüht war, verband sie für das ganze Leben die treueste Freundschaft: sie besuchten sich oft und teilten jede Freude, jeden kleinen Kummer miteinander.

Den Wald, ihren schönen, grünen Wald, liebte Röschen noch ebenso wie als Kind, da sie mit den Vögelein um die Wette gesungen hatte und wie ein Häslein darin herumgesprungen war. Ich glaube, sie ist auch eine Frau Oberförsterin geworden. Soviel aber weiß ich gewiß, daß sie immer so hold und rein, der Sonnenstrahl des Hauses geblieben ist.

So, meine kleinen Freunde, nun ist die Geschichte vom Waldröschen zu Ende, und wenn sie euch gefallen hat, so will ich euch nächstens wieder eine erzählen. –

Für heute lebt wohl und seid ebenso artig wie die beiden kleinen Mädchen und habt euch ebenso lieb untereinander.

Der Weihnachtsabend

Weihnachten ist die schönste Zeit des ganzen Jahres, so denkt ihr lieben Kinder alle! –Und ihr habt auch recht, lange vorher werden wir daran erinnert, daß das Fest der Freuden naht. –Überall auf freien Plätzen und auch in den Straßen sind große und kleine Weihnachtsbäume aufgestellt, und wie herrlich sind die Schaufenster mit ihren prächtigen Puppen und schönen Spielwaren.

Neugierig seht ihr Kleinen auf, wenn eure liebe Mama mit Paketen beladen nach Hause kommt und damit in die Weihnachtsstube eilt, oder die geheimnisvollen Einkäufe sorgfältig in ihren großen Wäscheschrank verschließt. Wie schade, denkt ihr, wenn wir nur das Papier ein klein wenig auseinandermachen und sehen könnten, ob für uns etwas darin ist? –

Geduld, ihr kleinen Neugierigen! Es ist genug, wenn ihr wißt, daß ihr gütige Eltern habt, die von Herzen gern bemüht sind, euch zu erfreuen und zu überraschen.

Arbeite du nur fleißig an deinen Weihnachtsarbeiten, Trudchen oder Gretchen, oder wie du sonst heißt, damit du fertig wirst. Dadurch kannst du deinen lieben Eltern beweisen, daß du eine dankbare und fleißige Tochter bist. Auch deinem lieben Großmamachen und den Tanten, allen willst du ja zeigen, daß du ihrer freundlich gedacht und ihnen so ganz heimlich, ohne daß sie es merkten, kleine Wünsche abgelauscht hast. –Ich werde dir eine Weihnachtsgeschichte von einem kleinen, mitleidigen Mädchen erzählen, und dabei wird die Arbeit noch einmal so schnell gehen. So höre denn: »Ach, wie herrlich, daß nun in wenig Tagen Heiligabend ist!« Fröhlich tanzend und so jubelnd kam Klärchen nach Hause und in das Zimmer ihrer Mama. »Unterwegs sah ich so viele grüne Bäume, und die hellerleuchteten Schaufenster sind doch gar zu prächtig. Ich mußte stehen bleiben und sie mir erst ordentlich ansehen, darum bin ich auch etwas später gekommen. Sei nicht böse darüber, liebes Mamachen! Sieh, Weihnachten ist doch nur einmal im Jahr, und dazu ist es das schönste Fest, auf welches sich ein jeder schon lange vorher freut.«

»Jeder wohl nicht«, unterbrach die Mutter ihr fröhliches Töchterchen. »Wie viele arme Leute gibt es, die keine Weihnachtsfreude haben und hungern und frieren müssen, während in den Häusern der Reichen und Wohlhabenden Glanz und Freude herrscht.« –Bei diesen Worten war Klärchen plötzlich ganz ernst geworden; daß nicht alle zu Weihnachten froh sein konnten, daran hatte sie bis jetzt noch nicht ein einziges Mal gedacht. Aber dennoch hatte sie ein warmes Herz, und ganz traurig sagte sie nun: »Ach ja, mein Mütterchen, wie schlecht ist es von mir, daß ich immer nur an meine Freude denke. Bitte, sage mir, welche Armen ich erfreuen und welchem Kinde ich ein Bäumchen aufputzen könnte. Erlaube mir, daß ich es von meinem ersparten Gelde tun darf; bitte, liebes, einziges Mamachen, erlaube es mir!«

Die Mutter war eine edle, gute Natur, welche selbst viel Gutes in der Stille tat. Sie war sehr beglückt über das mitleidige Herz ihres Töchterchens und erteilte ihr gern die erbetene Erlaubnis. »Aber sieh dich nur selbst um, mein Kind, es wird dir noch größere Freude machen, wenn du selbst ein armes Kind oder sonst Bedürftige findest, die du erfreuen kannst. Es sind noch einige Tage bis Weihnachten, und wer Gutes tun will, der findet stets und überall Gelegenheit dazu.« Auch Kläre fand diese ungesucht und schon am anderen Tage. Als sie gegen Mittag von einem Besuch bei einer kleinen Freundin zurückkehrte, überlegte sie, daß sie doch auch für ihr altes, treues Mädchen eine Kleinigkeit kaufen könne. Vielleicht sollte sie eine hübsche Schürze, oder ein Andachtsbuch, was diese sich schon lange gewünscht hatte, wählen? Schnell griff sie dabei in die Tasche nach ihrem Portemonnaie, aber –o Schrecken! es war nicht zu finden! Ratlos und mit den Tränen kämpfend, stand sie eine Weile still. Was sollte sie tun? –Heute, wo die Straßen von Menschen überfüllt waren, würde sie es wohl schwerlich wiederfinden.

Als sie noch überlegte, ob sie vielleicht dennoch lieber umkehren sollte, bemerkte sie in kurzer Entfernung ein kleines Mädchen mit einem großen Korb am Arm, das schnell auf sie zugelaufen kam. »Ach, liebes Fräuleinchen,« rief das Kind schon von weitem, »Sie haben etwas verloren.« Dabei holte sie aus ihrem Korb ein Portemonnaie, Klärchens Portemonnaie, hervor. –»Ich sah, wie es Ihnen entfiel, und rief, aber Sie hörten es nicht. Ich konnte Ihnen nicht sogleich nacheilen, weil mir gerade eine Frau etwas von meinen Sachen abkaufte.« Mit diesen Worten legte sie den glücklichen Fund in Kläres Hand und wollte sich schnell wieder entfernen. Das kleine Mädchen aber, welches vor Freude über den wiedergefundenen Schatz bis jetzt ganz stumm dagestanden hatte, hielt sie zurück. »Laß dir doch erst danken und nimm dieses«, sagte sie, und dabei öffnete sie ihr Geldtäschchen und drückte der Kleinen ein Geldstück in die Hand. »Was hast du denn alles in dem großen Korb, der für dich viel zu schwer zu sein scheint?« –Mitleidig betrachtete sie dabei das dürftig gekleidete Kind, das bei der grimmigen Kälte in seinem dünnen Röckchen ganz blau gefroren war und gar jämmerlich aussah.

»Weihnachtssachen, Sterne und Papierblumen sind es, die ich verkaufe«, antwortete die Kleine. »Meine Mutter ist schon so lange krank und kann nur mühsam diese Sachen im Bett machen. Wir müßten in den Feiertagen hungern, wenn ich davon nichts los würde. Der liebe Gott wird mir gewiß noch Käufer schicken, bis zum Abend ist es ja noch lange Zeit.«

Bis zum Abend noch wollte die Arme so frierend und hungernd an den Ecken stehen? –Das war doch zu traurig. –Ja, viel Elend und Not gibt es wohl in der Welt, so dachte auch unsere Kläre. Nachdem sie das Kind noch nach ihrem Namen und nach ihrer Wohnung gefragt hatte, eilte sie von Mitleid beseelt nach Hause und sogleich zu ihrer Mutter. Die zu jeder Zeit hilfsbereite, gute Mama hörte mit größter Teilnahme von dem traurigen Geschick der Kleinen und ihrer Mutter und war sogleich bereit, sich noch heute nach der armen Familie zu erkundigen. Am Abend begab sich die Frau Rat, Kläres Mutter, in die Wohnung der Witwe, die auf einem engen Hof vier Treppen hoch in einem kleinen, niedrigen Dachstübchen wohnte. Welch elender Anblick bot sich hier dar! –Auf einem erbärmlichen Strohlager lag die Kranke in der kalten Stube mit den kahlen Wänden. Zwei Stühle, ein alter, wackliger Tisch, eine Ofenbank und ein Brett mit zerbrochenem Kochgeschirr, das war die ganze Einrichtung des düsteren Raumes.

Erstaunt richteten sich die Blicke der kranken Frau auf die eben eintretende, vornehme Dame. Diese näherte sich dem Bett und sagte freundlich: »Ich habe gehört, daß Sie schon lange krank und in

Not sind, und ich bin gekommen, Sie zu trösten und Ihnen zu helfen.« Teilnehmend erkundigte sie sich nun nach den näheren Verhältnissen und erfuhr sie denn, daß der Mann, der ein fleißiger und geschickter Handwerker gewesen sei, die Familie zwar bescheiden, aber anständig ernährt habe. Aber seine lange Krankheit, sein Tod und sein Begräbnis hatten alle Ersparnisse aufgezehrt, und die Frau habe sich und ihr Kind dann mit ihrer Hände Arbeit ernähren müssen. Bald zwei Monate lag sie nun schon krank danieder und hatte gar nichts verdienen können, und alles Entbehrliche an Hausgeräten und Sachen hatte sie daher verkaufen müssen.

»Ach,« jammerte die Kranke, »ich wäre ja von allem Leid erlöst, wenn mich der liebe Gott zu sich nähme, aber was sollte aus meiner armen Käthe werden? Die ist erst zehn Jahr und muß schon über ihre Kräfte arbeiten. Das Kind ist so brav und gut. Mit Freuden ergreift sie jede Gelegenheit, wenn sie ein paar Groschen verdienen und mir eine Erleichterung schaffen kann.«

»Vertrauen Sie auf Gott, liebe Frau, der will, daß allen denen geholfen werde, die auf ihn ihre Hoffnung setzen. Der gute Vater aller Menschen wird auch Sie nicht verlassen«, so tröstete mit frommer Zuversicht die gute Frau Rat.

»Ich werde Ihnen, soviel ich vermag, beistehen, und ich finde wohl noch mitleidige Herzen, welche mir dabei helfen, daß Sie nicht mehr Not leiden brauchen und recht bald wieder gesund werden.«

Nachdem die gütige Dame so der Armen Trost und Mut zugesprochen hatte, und sich eben entfernen wollte, trat Käthe mit ihrem großen Korb am Arm ein. Diese sah nicht wenig verwundert aus, einen so feinen Gast in ihrem armseligen Stübchen zu finden.

»Nun, Kleine, hast du gute Geschäfte gemacht und alle deine Weihnachtssachen verkauft?« so redete die Dame das Kind an, indem sie seinen höflichen Gruß freundlich erwiderte.

»Ach, nein, ich bin nur sehr wenig los geworden; es sind so viele und schönere Sachen in den Weihnachtsbuden, darum wollte mir wohl niemand etwas abkaufen, so viel ich auch bat«, erwiderte Käthe traurig. »Wenn mir nicht ein hübsches, kleines Fräulein 50 Pfennig geschenkt hätte, dann könnte ich der armen, kranken Mutter auch morgen noch keine warme Stube machen, bevor ich fortgehe.«

»Das war mein Töchterchen, liebes Kind, das mir auch von dir erzählt hat. Meine Kläre will das Christkindchen bitten, daß es am heiligen Abend auch zu dir kommt und dir ein Bäumchen beschert. Komme nur alle Tage zu mir und hole für dich und deine Mutter etwas zum Mittagessen.«

Voll inniger Dankbarkeit küßte Käthe die Hand der Wohltäterin.

»Nun aber muß ich nach Hause eilen!« sagte die Frau Rat, und entzog sich schnell weiteren Dankesbezeigungen von Mutter und Tochter.

Sehr beglückt war Klärchen, als die Mutter sagte: »Dieses Kind hat dir wirklich der liebe Gott in den Weg geführt. Not und Armut sind da groß, und die kranke Frau hätte gewiß bald dem Elend erliegen müssen, wenn nicht, vielleicht noch zur rechten Zeit, Hilfe gekommen wäre! Ich werde nun für die Kranke sorgen, und du, mein Klärchen, denkst an eine Weihnachtsbescherung der Kleinen. Geh, und suche unter deinem Spielzeug und deinen Kleidungsstücken, und was du herausgefunden hast, das bringe mir zur Ansicht.« – Glückselig eilte Kläre fort und hatte bald eine Anzahl netter Sachen beisammen. Unter diesen ein Kleid und ein Mäntelchen, das ihr zu klein geworden war; das paßte gewiß der viel kleineren Käthe, und sie hüpfte damit seelenvergnügt zur Mama, die ihre Auswahl billigte. Nun fehlte aber noch ein Bäumchen, das wollte sie von ihrem ersparten Gelde besorgen. Sie fand auch am anderen Morgen bald eine recht niedliche Tanne, die sie mit bunten Lichten und Zuckerzeug schmücken wollte. Mit ihren Schätzen beladen, eilte sie nach Hause, als sie beim Vorbeigehen in einer Bude schöne, warme Schuhe erblickte. Ja, warme Schuhe und Handschuhe für die blau gefrorenen Hände müßte Käthe auch noch haben, dachte sie und zählte ihr Geld. Drei Mark waren es noch, die würden wohl daraufgehen. Das überlegte sie hin und her, näherte sich bald der Bude und kehrte auch wieder um. – Der Entschluß wurde ihr zu schwer! All ihr so lange erspartes Geld sollte sie opfern? Wenn sie noch dazu sparte, so könnte sie doch die schöne, große Puppe kaufen, welche sie neulich mit der Mutter an einem Schaufenster gesehen hatte. Der Weihnachtsmann brachte ihr diese sicher nicht. Sie wäre schon zu groß für eine Puppe, hatte damals die Mama gesagt. Aber ihr brachte doch das Christkindchen so viele reizende Sachen, und sie hatte alles und weit mehr, als sie brauchte, während der armen Käthe das nötigste fehlte. Und –ihr gutes Herz siegte: schnell entschlossen trat sie an die Bude, kaufte Schuhe und Handschuhe, und gab ihr ganzes Geld hin. –Sagt, meine kleinen Freunde, war das nicht schön von unserer lieben Kläre? Immer hatte sie seither an die Puppe gedacht und nachgerechnet, wann sie wohl so viel beisammen haben könnte, um diese zu kaufen. Nun hatte sie tapfer auf ihren sehnlichsten Wunsch verzichtet und mit Freuden ihre Ersparnisse geopfert. –Einen fröhlichen Geber hat der Herr lieb, und er blickte auch mit Wohlgefallen auf das Opfer der kleinen Kläre und verzeichnete ihre gute Tat in dem großen Buch des Lebens. Was wir dem geringsten unserer Mitmenschen getan, das haben wir dem lieben Gott getan. Er will, daß wir uns alle wie Brüder und Schwestern untereinander helfen sollen, und nicht früh genug können wir das lernen. Nicht nur vom Überfluß, auch von wenigem müssen wir geben können.

»So, mein Herzensmütterchen, habe ich mich noch nie auf den heiligen Abend gefreut«, sagte Kläre. »Ich weiß nun, wie wahr der Spruch ist, den wir neulich in der Schule gelernt haben: ›Geben ist seliger denn nehmen‹.« –Gerührt streichelte und küßte die Mutter ihren Liebling und dankte Gott, daß das Samenkörnlein der Menschenliebe in dem Herzen ihres Kindes einen so fruchtbaren Boden gefunden hatte.

In dem Stäbchen der armen Witwe sah es heute am Christabend so ganz anders aus, als vor wenigen Tagen. Die gute Frau Rat hatte nicht nur für Speise und Feuerung gesorgt, sie hatte auch für die Kranke ein Bett, einen bequemen, altmodischen Stuhl, und was ihr irgend noch entbehrlich war, geschickt. Die fleißige Käthe hatte es so sauber und nett geputzt, daß das Stübchen einen ganz wohnlichen Eindruck machte. Die kranke Frau saß im Bett und las in einem Gesangbuch. Sie sah wohl noch sehr elend, aber lange nicht mehr so kummervoll aus.

Es dunkelte schon, als Käthe heimkehrte; sie hatte noch mit Gängen für die Nachbarsfrau ein paar Groschen verdient und freute sich, nun endlich zu Hause bei der Mutter zu sein.

»Ach, du liebes Mütterchen,« sagte sie, diese zärtlich begrüßend, »wie freue ich mich, daß du heute viel wohler und nicht mehr so traurig aussiehst. Wie gut ist doch die liebe Frau Rat, die so freundlich für uns gesorgt hat. Alle Tage bete ich auch für sie und das kleine Fräulein; hätte diese nicht bei ihren guten Eltern für uns gebeten, wie schlimm würde es heute um uns aussehen. Was hätte ich wohl für die eine Mark, die ich eingenommen habe, laufen können?«

»Ja, Gott segne sie und vergelte alles, was die edle Dame an uns getan hat. Die liebe Kleine ist der Weihnachtsengel, den hat uns Gott geschickt«, sagte die Mutter mit einem dankbaren Blick zum Himmel. »Der liebe Gott, der heute seinen Sohn für uns alle auf die Erde gesandt, hat sich auch unserer Not erbarmt. Nie dürfen wir vergessen, ihm dafür zu danken, und wir wollen nie wieder kleinmütig verzagen, wenn die Hilfe nicht gleich da ist. Vielleicht kommt nächstes Jahr auch das Christkindchen zu dir und brennt auch dir ein Bäumchen an.«

»Wenn du nur gesund wirst, mein Mütterchen, mehr wünsche ich gar nicht, geht es uns jetzt doch schon so gut«, entgegnete das an Not und Entbehrung gewöhnte Kind. »Als ich von meinen Gängen zurückkam, sah ich schon so viele Weihnachtsbäume brennen, daran habe ich mich schon genug freuen können.«

»Stille Nacht, heilige Nacht!« sangen auch hier im armseligen Stübchen mit dankerfülltem Herzen Mutter und Tochter so andächtig und feierlich, daß sie es nicht einmal hörten, wie die Tür geöffnet wurde. Klärchen mit einem Bäumchen in der Hand und ihr Mädchen, das einen großen Korb am Arm trug, traten leise ein.

Beide standen still an der Tür und lauschten gerührt dem feierlichen Gesang bis zu Ende. Dann trat Kläre freundlich zu Mutter und Tochter, reichte ihnen die Hand und fagte: »Das Christkindchen schickt mich her, hier zu bescheren; du, liebe Käthe, kennst mich ja schon; jetzt mußt du aber schnell so lange hinausgehen, bis ich fertig bin und dich rufe.« –Sprachlos vor freudigem Erstaunen entfernte sich Käthe. Daß für sie ein Bäumchen aufgeputzt werden sollte, konnte sie noch gar nicht begreifen.

Schnell rückte nun Kläre mit Hilfe des Mädchens den alten, wurmstichigen Tisch an das Bett, damit die Kranke auch an der

Bescherung teilnehmen konnte. Dann holte sie ein weißes Tischtuch aus dem Korb, deckte es über den Tisch und stellte das Bäumchen in die Mitte. Darauf füllte sie zwei Teller mit Pfefferkuchen, Äpfeln und Nüssen, legte auf jeden Platz ein warmes Kleid von sich und der Mutter, und auf den der Kranken ein warmes Tuch, Schuhe und Strümpfe. Auch eine Flasche stärkenden Wein für diese und eine Christstolle fehlten nicht. Einen Mantel, eine Schürze, auch ein warmes Unterröckchen, die bewußten Schuhe und Handschuhe, Bücher, Federn und Spielsachen baute sie nun für Käthe auf. Inzwischen hatte das Mädchen schon das Bäumchen angesteckt, und jetzt konnte sie Käthe rufen. –Da gab es von beiden Seiten eine Freude und ein Glück, worüber sich die Engel im Himmel auch gefreut haben.

Die glückliche Käthe konnte noch gar nicht verstehen, daß ihr alle diese Herrlichkeiten gehören sollten. –Kläre war glücklich über das verklärte Gesicht der Kleinen; sie probierte ihr jedes Stück an, und alles paßte so gut, als wenn es für sie gemacht worden wäre. Mutter und Tochter vermochten nicht Worte zu finden, um das auszusprechen, was ihr dankbares Herz empfand.

»Gott segne Sie, Engel der Barmherzigkeit, und vergelte Ihnen und Ihren edlen, guten Eltern alles, was Sie mir und dem Kinde getan«, stammelte unter Tränen der Rührung die Kranke.

Überlassen wir nun die beiden ihrem Glück und ihrer Freude und begleiten wir Kläre nach Hause, wo eine reiche Bescherung ihrer harrte. Was Weihnachtsjubel ist, und welche Freude ein geputzter, grüner Weihnachtsbaum mit seinem feierlichen Lichterglanz hervorruft, wißt ihr wohl alle, meine kleinen Freunde!

Jubelnd stand auch unsere Kläre vor ihrem Platz, jedes Stück mit seligem Entzücken musternd. Wie hatten die gütigen Eltern wieder ihre Wünsche erfüllt! Da lag ein fertiges, neues Kleid, dazu passend ein Paletot, ein reizendes Hütchen, Bücher und Spiele. Was war denn aber da, hinter dem Mantel verborgen? –Oh, welche Überraschung! es war die bezaubernd schöne Puppe mit den beweglichen Gliedern, dem allerliebsten blonden Lockenköpfchen und den kornblumenblauen Äuglein. Nein, die Freude war kaum zu fassen! –Wie eine kleine Prinzessin thronte sie auf einem für sie passenden Lehnstuhl in ihrem feinen Promenadenanzug mit ihrem kleinen

Federhütchen und dem niedlichen Schirmchen in den zierlichen Händchen. – Klara wußte gar nicht, was sie vor Freude machen und wie sie den guten Eltern danken sollte. –Singend tanzte sie mit ihrem Prachtstück umher und bemerkte nun erst das zierliche Geldtäschchen, das der Puppe über den Arm gehängt war, und welches diese nun fallen ließ. Sie hob es auf, öffnete es und –nein, wirklich, heute nahm die Überraschung kein Ende! –Sechs blanke Mark lagen darin, ein Streifchen Papier daneben, und darauf stand ein Verschen geschrieben.

Sie las:

»Weil Dein Beutel von Gaben der Liebe geleert,
Hat Dir Christkindchen nun dieses beschert.
Folge stets dem frommen Triebe
Zu üben wahre Menschenliebe!«

Wohl verstand Kläre die Bedeutung dieser Worte, und es beglückte sie sehr, daß sich in ihnen Anerkennung und Zufriedenheit der Eltern aussprach. Hocherfreut und gerührt durch so viele Liebe und Güte der teuren Eltern hätte sie noch lange entzückt vor ihrem Platz gestanden, wenn nicht ihr kleiner, vierjähriger Bruder Hans voller Ungeduld und in selbstsüchtiger Kinderweise sie zu seinem Tischchen gezogen hätte.

»Nanu, wirst du doch wohl endlich so weit sein, zu sehen, was mir alles der Weihnachtsmann gebracht hat! Sieh mal, die vielen schönen Sachen habe ich alle bekommen! –Wo warst du denn nachmittags so lange? Knecht Ruprecht war schon vor der Bescherung hier. Ich habe mein Weihnachtsgebet sagen müssen, und habe es sehr gut gekonnt«, setzte er stolz hinzu. »Deshalb habe ich auch schon vorher Äpfel und Nüsse geschenkt bekommen. Du hast ihn nun gar nicht gesehen. Einen dicken, schwarzen Pelz hatte er an, der so aussah, wie Papas auf der linken Seite. Einen großen Sack trug er, wo alle unartigen Kinder und auch die, welche nichts können, hineinkommen. Weil ich aber artig bin und mein Gebet sehr gut konnte, brauchte ich nicht hinein, und darum hat mir auch der Weihnachtsmann so viel gebracht. –Sieh' mal die vielen Soldaten, die Festung, das Zusammensetzspiel, diese Uniform, den Holm und das schöne Buch! Aus dem werde ich nun bald lernen und ein sehr kluger Mann werden,« sagte er mit wichtiger Miene, »vielleicht noch ein Präsident oder auch ein General.«

»Nun, mit dem General wird es wohl noch sehr lange Zeit haben, mein Kerlchen«, entgegnete der Vater, und alle lachten über den kleinen Schelm, der schon so zuversichtlich von seiner einstigen Größe sprach.

So ging unter Lust und frohen Scherzen Eltern und Kindern der schöne Christabend nur zu schnell dahin.

Als Klärchen den Eltern eine »gute Nacht« wünschte und unter zärtlichen Küssen und Umarmungen nochmals für alle Liebe und Güte dankte, flüsterte sie der Mutter leise ins Ohr: »Dieses ist doch der schönste aller Weihnachtsabende gewesen. Ach, wie danke ich dir auch, du liebes Mütterchen, daß du mich daran erinnert hast, in meiner Freude die Armen nicht zu vergessen. Vielleicht hätte sonst heute, wo ich so reich beschenkt worden und so glücklich war, die arme Käthe und ihre Mutter hungern und frieren müssen. Ach, Mamachen, hättest du die Freude der beiden doch auch sehen können. Wie ein Weihnachtsengel, so verklärt sah die Käthe aus, und die arme, kranke Frau weinte vor Rührung und Freude. Nein, so ein herziges Muttchen, wie ich habe, gibt es auf der ganzen Welt nicht mehr.« Und dabei erdrückte sie diese fast mit ihren Küssen und stürmischen Liebkosungen, bis sie sich losmachte und lächelnd sagte: »Ersticke mich nur nicht, du Wildfang: ich möchte, so Gott will, noch viele Christabende mit euch feiern und mich freuen, wenn mein Töchterchen fortfährt, Nächstenliebe zu üben.«

So, meine lieben, kleinen Leser, jetzt lassen wir unsere Kläre süß träumen, und hoffen wir auch, daß sie nie aufhört, Werke der Liebe zu tun. Wir wünschen alle, daß sie am Guten festhält, ihren Eltern eine gute, dankbare Tochter bleibt und so der Schmuck des Hauses wird.

Doch, nicht wahr, ihr möchtet noch gerne wissen, wie es der Käthe und ihrer Mutter weiter erging? Eure kleinen Herzen fühlten gewiß auch tiefes Mitleid mit der kranken, notleidenden Frau und ihrem guten Töchterchen, das selbst hungerte und fror, aber keine Mühe und kein Opfer scheute und immer nur für die kranke Mutter besorgt war. –Zu eurer Freude kann ich euch erzählen, daß Klärchens Mutter weiter für die arme Familie sorgte. Doch erst nach vielen Wochen konnte die kranke, von Not und Elend geschwächte Frau das Bett verlassen. Endlich, als schon die warme Frühlingssonne schien, war sie wieder so weit hergestellt, daß sie ihre häuslichen Arbeiten verrichten konnte und imstande war, mit Handarbeiten, welche die gute Frau Rat ihr in ihrem Bekanntenkreise verschaffte, etwas zu erwerben. Käthe konnte nun wieder regelmäßig die Schule besuchen, die sie so lange hatte versäumen müssen.

Nun, meine kleinen Freunde, hört noch, wie schön es weiter kam. Dem freundlichen, alleinstehenden, alten Arzt, den die Frau Rat zu der Kranken geschickt, gefiel das Wesen der stillen, sanften Frau. Und eines schönen Tages, als sie wieder gesund war, fragte er sie, ob sie ihm nicht die Wirtschaft führen und mit Käthe zu ihm ziehen wolle.

Dankbar nahm diese das freundliche Anerbieten an und zog mit Käthe in das Haus des guten Doktors, das beiden bald zur freundlichen Heimat wurde. Nie aber vergaßen Mutter und Tochter, wem sie ihr Glück nächst Gott verdankten. Mit hingebender Liebe und Treue hingen sie ihr Lebelang an Kläre und ihrer Mutter, welche die Begründerin ihres Glückes geworden waren.

Dankbarkeit ist eine köstliche Blume, die nur in guten Herzen Wurzel schlagen und blühen kann.

Der Herr Kaiser

Es war zu Anfang unserer Geschichte in den siebziger Jahren, bald nach dem für Preußen so glorreichen Kriege, als Kaiser Wilhelm der Große regierte und Kaiser Friedrich noch Kronprinz war.

Damals lebte auf dem einsamen, kleinen Gute Horst in Hinterpommern Herr Walter mit seiner Gattin und seinen vier Kindern. Wilhelm, der älteste, war zwölf Jahre alt und ein kluger und verständiger Knabe, Fritz war acht, Lenchen sechs und Lieschen beinahe fünf Jahre alt. Sie hatten noch nicht viel von der Welt und ihren Herrlichkeiten gesehen und sich daher mit ihrer lebhaften Phantasie oft gar wunderliche Dinge zusammengeträumt. –

Ein benachbarter Gutsbesitzer hatte für seine beiden Söhne, welche mit Wilhelm und Fritz im gleichen Alter waren, einen Hauslehrer, zu dem auch letztere in die Schule gingen; die beiden kleinen Schwestern hatten noch keinen Unterricht.

Heute, am Sonntag, waren die vier Geschwister einträchtig in ihrem großen Kinderzimmer beisammen. Wilhelm las in einem Geschichtbuch, Fritz vergnügte sich mit seinem Baukasten, Lenchen und Lieschen putzten ihre Puppenkinder.

»Meine Puppe sieht heute so fein wie eine Prinzessin aus«, sagte das kleine Lieschen.

»Ach, du weißt ja gar nicht, wie eine Prinzessin aussieht«, entgegnete Lenchen.

»Das kann ich mir schon denken; sie trägt gewiß ein rotseidenes, oder ein Samtkleid mit Gold- und Silbersternen gestickt, und sie sieht viel feiner aus, als die Frau Gräfin vom Schloß.«

»Ja, das glaube ich schon«, bekräftigte Lenchen, »und Rehbraten und Torte essen sie alle Tage, so viel sie wollen.«

»Auch Apfelschnitte und Schokolade«, ergänzte Lieschen, die sich nichts Schöneres denken konnte, weil sie beides gar zu gern aß.

»Hört doch davon auf«, unterbrach jetzt Fritz, der ein rechtes kleines Leckermäulchen war, die Unterhaltung der Schwestern, »dabei bekommt man nur Appetit auf all die schönen Sachen und kann sie doch nicht haben. Dazu gibt es noch heute bei uns zu Mittag Hammelfleisch, das ich gar nicht gern esse.«

»Man muß nicht immer gleich alles haben wollen«, belehrte nun sehr weise Lenchen. »Als die Mama mich vorige Woche mit zum Jahrmarkt genommen hatte und ich traurig wurde, weil ich die reizende Puppenküche nicht bekommen sollte, sagte sie zu mir, man müsse sich an allem Schönen erfreuen können, ohne es gleich besitzen zu wollen. Aber wenn du, alte Naschkatze, so etwas gar nicht hören kannst, dann sei nur still davon, Lieschen, sonst weint er noch.« Das war zu viel, das ging unserem Fritz denn doch über den Spaß.

»So albern werde ich nicht sein,« rief er entrüstet, »eure Prinzessinnen können meinetwegen tragen und essen, was sie wollen.«

»Aber weißt du, lieber Wilhelm,« wandte er sich jetzt wieder besänftigt an seinen Bruder, »den Herrn Kaiser und den Herrn Kronprinzen möchte ich wohl auch gar zu gern einmal sehen, aber hier kommt wohl keiner von beiden her?«

»Ach, bewahre, nur zu wichtigen Angelegenheiten besuchen die hohen Herrschaften solche kleinen Städte«, entgegnete Wilhelm.

»Vielleicht kommen sie dann zum Weihnachtsmarkt und sehen sich die schönen Buden an«, meinte Fritz darauf.

»Auch noch, da ist doch in Berlin alle Tage viel Schöneres zu sehen«, erwiderte hierauf Wilhelm lachend.

»Nun, wenn auch, ansehen könnten sie sich das hier schon«, bemerkte jetzt Lenchen: »ich möchte auch wohl einen Kaiser und einen Prinzen gern sehen. Der Kaiser trägt doch einen schönen roten Purpurmantel mit Gold- und Silbersternen und eine goldene Krone auf dem Kopfe, die aber auch sehr schwer sein soll. Ich hörte, wie Papa um Sonntag zu Onkel Hermann sagte: eine Krone sei oft viel schwerer zu tragen, als eine einfache Mütze.«

»Ja, und Flügel haben sie auch, damit können sie fliegen, wohin sie wollen«, fügte nun Lieschen noch hinzu.

»Das glaube ich auch,« erwiderte Fritz, »aber es sind wohl keine angewachsenen, und sie tragen sie nicht immer.«

»Nein,« fuhr Lenchen fort, »ich habe gehört, daß sie einen Kammerherrn haben, der muß sie dann hübsch in der Kammer verwahren.«

Fritz stimmte den Schwestern bei; aber für den älteren Bruder ging diese Dummheit denn doch zu weit.

»Hört endlich auf mit solch albernem Geschwätz«, rief er ganz ärgerlich. »Menschen können keine Flügel haben, und unser Kaiser ist wohl besser und klüger als alle anderen, aber immer nur ein Mensch. Wenn du, Fritz, in der Schule besser aufpassen möchtest, so könntest du klüger sein; aber du bist stets zerstreut und denkst an ganz etwas anderes. Der Lehrer erzählt uns in der Geschichtsstunde genug vom Krieg und von den Heldentaten, welche unser Kaiser und unser Kronprinz vollbracht haben.«

Geschichte war Wilhelms Lieblingsstunde, dafür hatte er ungewöhnlich viel Verständnis, und er konnte sich schon jetzt für König und Vaterland sehr begeistern.

Obgleich die Kleinen viel auf das Urteil des viel klügeren älteren Bruders gaben, so waren sie dieses Mal aber mit seiner Belehrung doch nicht einverstanden.

Das Bild, wie sie es sich von ihrem Landesherrn ausgemalt hatten, gefiel ihnen viel besser, und sie dachten, der kluge Wilhelm könnte doch auch nicht alles so richtig wissen. Man hätte diese Unterhaltung, welche alle sehr interessierte, noch weiter fortgesetzt, wenn nicht der Eintritt des Vaters sie daran verhindert hätte.

»Wer von euch hat Lust, Schlitten mit mir zu fahren?« rief dieser mit vergnügtem Gesicht.

»Ich!« »Ich!« tönte es von allen Seiten sehr erfreut, denn wem wäre nicht Schlittenfahren eine große Lust?

Im Nu saß die ganze kleine Gesellschaft wohlverpackt im Schlitten. Bei dem herrlichen Winterwetter war es ein gar schönes Vergnügen, durch Feld und Wald so eine ganze Stunde dahinfahren zu können.

Wie gut schmeckte ihnen nachher das Mittagessen. Fritz, welcher, wie wir gehört haben, schon wußte, daß es Hammelbraten gäbe, meinte, so gut habe es ihm noch nie geschmeckt. –Und welche

Überraschung! Nachher gab es noch eine Apfelspeise. »Besser würde wohl der Kaiser heute auch nicht essen«, dachten die Kleinen. Dabei fiel ihnen nun wieder ein, daß der Bruder Wilhelm gesagt habe, der Kaiser sehe wie andere Menschen aus und könne auch nicht einmal fliegen. Darüber wollten sie Gewißheit haben, und Lenchen fragte den Vater darnach.

»Ei, gewiß,« sagte dieser scherzend und gut gelaunt, »gewiß, Kinder; kühn wie ein Adler ist unser Kaiser Wilhelm der Große über alle Hindernisse hinweggeflogen und der größte aller Herrscher geworden, und unser lieber Kronprinz gleicht in allem seinem hohen, tapferen Vater.«

»Siehst du wohl, fliegen können sie beide doch!« riefen die kleinen Geschwister, Wilhelm mit einem triumphierenden Blick ansehend.

»Ach, das meint ja der Vater ganz anders«, erwiderte der ältere Bruder lachend.

»Nein, nein, von dir wollen wir nun nichts mehr hören, sei du nur still«, fiel Lenchen, aus Angst, ihr Recht könnte vielleicht in Gefahr kommen, schnell ein.

Einige Zeit darauf kehrte der Vater eines Tages sehr heiter aus der Stadt, wohin ihn Geschäfte geführt hatten, heim.

»Ratet einmal, welche Neuigkeit ich bringe?« sagte er zu den ihm froh entgegeneilenden Kindern.

»Onkel Otto mit Tante Johanna und den Kindern kommen wohl?«

»Nein, etwas weit Besseres! Hört nur: Unser hochverehrter Kaiser wird durch unser kleines Städtchen reisen und eine Stunde hier verweilen. Da sollt ihr nun selbst sehen, wie unser Landesvater aussieht. Wir fahren dann alle sehr früh in die Stadt, damit wir guten Platz bekommen und ihr Se. Majestät gut sehen könnt.«

Diese unerwartete frohe Nachricht rief natürlich großen Jubel hervor. Nur schade, daß sie noch volle vier Wochen auf diese Freude warten mußten.

Endlich kam der heißersehnte Tag, und die Eltern fuhren in aller Morgenfrühe mit den glücklichen Kindern zum Städtchen hinein.

Wie festlich war hier alles mit Kränzen, Girlanden und Fahnen geschmückt: feierliche Stimmung und Freude herrschte überall in dem sonst so stillen Örtchen.

Der Vater hatte für seine Familie einen sehr guten Platz gefunden, so daß die jetzt vor freudiger Erwartung ganz verstummten Kinder die hohen Herrschaften in nächster Nähe sehen konnten.

Mit sehr gespannten Mienen standen die vier Geschwister nebeneinander. Der redselige Fritz konnte das Stillschweigen nicht lange ertragen. –»Du,« flüsterte er Lenchen zu, »im Waldschlößchen ist eine feine Tafel gedeckt, sagte eben ein Herr zu Papa, da gehen wir vielleicht auch hin. Der Herr Kaiser wird wohl da zu Mittag speisen, und wir bekommen dann, was übrig bleibt.«

Aber heute fand der kleine Leckerfritze bei Lenchen kein Gehör.

»Sei still,« entgegnete sie leise und unwillig, »ich will aufpassen. Die Leute hinter uns sagen, jeden Augenblick könne der Zug kommen.«

Und richtig, bald darauf stand der kaiserliche Wagen, begrüßt von dem Jubel und Hochrufen der Menge, vor dem Bahnhofsgebäude.

Zwölf weißgekleidete Jungfrauen begrüßten zuerst ihren Landesherrn; die eine unter ihnen überreichte einen Lorbeerkranz mit einem Gedicht. Darauf hielt der Bürgermeister eine feierliche Ansprache.

Nach allen Seiten freundlich grüßend und dankend, nahm der Kaiser die ihm dargebrachten Huldigungen entgegen und sprach mit einigen Herren, welche den Bürgermeister begleitet hatten.

Auf unseren Wilhelm machte die schöne, stattliche Erscheinung des Monarchen einen tiefen Eindruck. –Wie war das auch wohl anders möglich? Das liebe, edle Gesicht unseres verehrten Kaisers Wilhelm mußte jedes Herz gewinnen.

Verständnisvoll stimmte Wilhelm in den Jubel des Volkes ein, während man seinen kleinen Geschwistern die Enttäuschung sehr deutlich ansah. –Wenn diese jetzt auch noch schweigen mußten, so verrieten doch die Mienen, daß sie das nicht gesehen, was sie erwartet hatten.

Die hohen Herrschaften speisten aber nicht im Waldschlößchen, wie Fritz irrtümlich gehört hatte, sondern setzten ihre Reise nach einer halbstündigen Anwesenheit wieder fort.

Zur Freude der Kinder wurde aber die Rückfahrt noch nicht angetreten; die Eltern wollten ihnen das Vergnügen machen, noch bis zum Abend im Städtchen zu bleiben, damit sie in Ruhe den festlichen Schmuck bewundern konnten. Außerdem waren auch gerade Seiltänzer und ein Karussell anwesend. –Das war gar zu schön für die sonst so einsam lebenden Kinder.

Zuerst führte sie der Vater in den schönen Garten zum Waldschlößchen, wo sie an der langen Mittagstafel Platz nahmen und den schönen Baumkuchen bewunderten, und sich freuten, ein Stück davon zu bekommen.

Endlich konnten sie sich nun über das wichtige Ereignis miteinander aussprechen. Das lange Schweigen war ihnen recht schwer geworden.

»Es ist doch alles so ganz anders gewesen, wie ich es mir gedacht habe«, sagte Fritz zu seiner Schwester Lenchen. »Der Herr Kaiser gefiel mir wohl sehr gut, aber er geht ja nur so angezogen, wie der Onkel Oberst, nur mehr Sterne und Orden hat er auf der Brust. Der Papa sagte doch, er könne fliegen wie ein Adler, aber da er keine Flügel hat, geht das doch nicht.«

»Da wird Wilhelm doch wohl recht haben, als er sagte, daß es der Vater anders gemeint habe«, erwiderte etwas kleinlaut Lenchen; doch sogleich setzte sie hinzu: »Wenn unser Herr Kaiser auch wie andere Menschen aussieht und auch keine Flügel hat, so gefällt er mir doch sehr gut, und er ist gewiß viel klüger, als alle anderen Menschen.«

Wilhelm hörte nicht auf das Geplauder der Kleinen, die auch gern damit zufrieden waren, von dem großen Bruder nicht belehrt und verlacht zu werden. –Wilhelms Wunsch war es schon lange gewesen, dereinst Soldat wie Onkel Oberst zu werden. Heute stand es nun ganz fest bei ihm, keinen anderen Beruf wollte er wählen. Die Liebe zu seinem Kaiser war heute in ihm mächtig erwacht.

Nachdem unsere jungen Freunde noch alles genau in Augenschein genommen und bewundert, auch Karussell und Puppenspiel nicht versäumt hatten, langten sie höchst befriedigt am späten Abend wieder daheim an.

Lange nachher noch sprachen sie von dem frohen Tag. –»Als der Herr Kaiser hier war«, hieß es dann immer. Das »Herr« ließen sie niemals fort. »Majestät« war ihnen unbegreiflich.

Wilhelm nahm es mit dem Lernen jetzt noch ernster, weil er sich sagte, je früher er mit der Schule fertig würde, je eher könnte er seinen Wunsch erfüllt sehen.

In seinen Freistunden und auf seinen Spaziergängen träumte er von seinem späteren Soldatenleben. Wenn er vielleicht gar in die Residenz käme, seinen Kaiser öfter sehen könnte und vielleicht einmal das Glück hätte, von ihm angesprochen zu werden! –Solche Gedanken erfüllten ihn schon jetzt mit seliger Vorfreude. Doch leider hatte der Vater gesagt, solche Hoffnungen solle er sich aus dem Sinne schlagen, dazu sei für ihn keine Aussicht, und bei der kleinen Zulage, die er ihm geben könne, wäre es auch besser für ihn, wenn er in eine kleine Stadt käme. Doch wer kann wissen, was die Zukunft bringt, es fügt sich im Leben oft wunderbar! –Das sollte auch unser Freund erfahren: das Glück schien ihm wirklich günstig sein zu wollen.

Nach Jahr und Tag, an einem schönen Sommernachmittage, hielt ganz unerwartet der elegante Halbwagen mit den prächtigen Rappen des reichen Onkels vor der Tür.

»Onkel Otto ist da!« riefen die Kleinen hocherfreut, und alle eilten hinaus, den lieben, seltenen Gast zu begrüßen.

Der Onkel war ein sehr gutmütiger, alter Herr, der stets Leben ins Haus und den Kindern eine Tüte brachte. Darum war es eine große Freude, wenn der gute Onkel Otto kam, was leider selten geschah, da dessen große Besitzungen über drei Stunden weit entfernt lagen. Heute sah der Onkel so ganz besonders vergnügt aus. Warum denn? –Das sollt ihr sogleich hören.

Nachdem die freudige Begrüßung vorbei war, kramte der liebe Gast gleich eine Neuigkeit aus: »Höre, lieber Vetter,« begann er, »ich bin heute gekommen, um euch meine große Freude mitzuteilen. Wilhelm, mein Junge, dich wird es besonders beglücken. Ihr wißt ja, daß ich schon immer die Absicht hatte, unseren gnädigsten

Kronprinzen zur Jagd einzuladen. In meinem großen Walde ist zahlreiches Wild, und die Tante, als einstige Hofdame, weiß gewiß das Haus so festlich herzurichten, wie es sich geziemt. Daher dachte ich, es mir schon erlauben zu können, einen so hohen Gast einzuladen. Das habe ich nun beizeiten getan, damit mir nicht ein anderer zuvorkomme, und ich das Nachsehen habe. Gestern habe ich eine gnädige Zusage erhalten und bin sogleich heute hergeeilt, um auch dich, mein lieber Vetter, mit deinem Wilhelm, dem späteren General, zur Jagd einzuladen.«

Da hättet ihr, meine kleinen Leser, den Wilhelm sehen sollen! – Sprachlos vor Entzücken stand er da und wußte gar nicht, was er zu hören bekam. War es denn wirklich wahr, seinen verehrten Kronprinzen sollte er zu sehen bekommen und tagelang ihm nahe sein dürfen! Das Glück war doch zu groß!

Die kleinen Geschwister sahen ein wenig neidisch darein, und Fritz machte seinem Ärger Luft: »Nach einem General sieht er noch lange nicht aus,« rief er fast weinerlich, »aber wenn er den Herrn Kronprinzen jetzt schon darum bitten darf, dann kann er es vielleicht noch werden. Dann sage aber auch gleich, daß ich einmal Minister werden will«, so wandte er sich mit einem komischen Gemisch von Neid und Sorge für die eigene Zukunft an den Bruder.

»Ja, freilich, mein Söhnchen, du sollst nicht leer ausgehen«, sagte lachend und tröstend der Onkel. »Alle wollen wir für dich bitten, daß du auch dereinst hochsteigst und Minister, landwirtschaftlicher Minister wirst, der unsere Rechte vertreten hilft. Außerdem soll euch Wilhelm Kuchen und Näschereien von der Jagd mitbringen. Ihr sollt euch doch alle mit dem alten Onkel freuen können.«

Diese schöne Aussicht erfüllte nun auch die Herzen der Kleinen mit großer Freude.

Erst spät am Abend fuhr der freundliche Onkel wieder heim. Der Vater hatte natürlich gern die Einladung für sich und Wilhelm angenommen. Des letzteren Seligkeit werdet ihr begreifen können, auch daß er dieses Glück kaum erwarten konnte und die Stunden bis dahin zählte. –

Doch wie schnell vergeht die Zeit, und der ersehnte frohe Tag war da. Das großartige Schloß des Onkels strahlte im höchsten

Glanz und Festesschmuck. In dem großen, wohlgepflegten Garten und in dem schönen Park waren Inschriften und bunte Lampions angebracht. Es sah zauberhaft schön wie in einem Feenreiche aus. Aus allen sprach das Bestreben, den hohen Gast zu erfreuen und zu ehren.

Viele von euch, meine lieben Leser, haben unseren guten Kaiser Friedrich, der damals noch Kronprinz war, nicht gekannt. Gewiß aber habt ihr alle von euren Eltern und Lehrern gehört, daß er nicht nur von auffallend schöner Erscheinung, sondern auch von überaus großer Menschenfreundlichkeit, hoher Liebenswürdigkeit und Herzensgüte war und daher allgemein von groß und klein geliebt und verehrt wurde. Ebenso werdet ihr auch wohl alle von der tiefen Trauer des Volkes gehört haben, als der teure, geliebte Herrscher uns so früh entrissen wurde. Tief erschütterte jedes Herz das Leiden, die Ergebung und Geduld, mit der unser angebeteter Landesvater alles aus Gottes Hand hinnahm und klaglos ertrug. Darum wird auch sein Andenken in unser aller Herzen fortleben und die Liebe zu ihm nie erkalten. –

Mit welchem Jubel und mit welcher Freude jung und alt, hoch und niedrig hier auf dem Schlosse der Ankunft des hohen Herrn entgegensah, könnt ihr euch wohl denken. Gewiß kennen die meisten unter euch solche Empfangsfeierlichkeiten aus eigener Anschauung, daher will ich euch auch nur eine kurze Beschreibung von der freudigen Begrüßung der Landbewohner machen:

Der durch den hohen Besuch sehr beglückte Gutsherr hatte es seinen Leuten erlaubt, in angemessener Entfernung teil an dem Empfange nehmen zu dürfen. Die ganze Schar der Arbeiter im höchsten Festesstaate hatte sich in Reihen aufgestellt, und alle stimmten unter Leitung des Schullehrers bei der Ankunft des hohen Gastes einen Choral an. Freude sah man auf allen Gesichtern, und das »Hoch«- und »Hurra«rufen nahm kein Ende. Viele unter den Arbeitern hatten die Kriege von 1866 und 1870 unter des Kronprinzen Führung mitgemacht und waren nun begeistert, ihren tapferen und geliebten Feldherrn wiederzusehen. –Obwohl der allgemein verehrte und beliebte Prinz an solche Huldigungen gewöhnt war, so berührte ihn die aufrichtige Freude und warme Herzlichkeit der einfachen Landkinder doch angenehm. Er dankte huldvoll und freundlich nach allen Seiten, sprach auch mit einigen Leuten und fragte sie nach ihren Namen. Wem diese Ehre zuteil wurde, der war sein Lebtag stolz darauf, und alle Bewohner des Dorfes sahen ihn mit doppelter Ehrfurcht an. Der Gutsherr gewann durch sein gutmütiges, munteres Wesen bald die Gunst des hohen Herrn. Freude, Lust und Scherz herrschten überall, und die frohen Tage bildeten einen Glanzpunkt im Schlosse wie im Dorfe.

Unser Wilhelm, welcher in der Nähe seines Onkels stand, schwamm in Glück und Wonne. Wenn er sich auch heute nur mit dem Anblick des Kronprinzen hatte begnügen müssen, so gab er sich doch der frohen Hoffnung hin, vielleicht einmal von ihm angeredet zu werden. –Und wirklich, dieser Wunsch sollte ihm sehr bald erfüllt werden.

Als er sich am anderen Morgen sehr früh angekleidet hatte, ging er hinaus und blickte schmachtend und sehnsüchtig nach den Fenstern des hohen Gastes, aber dieser zeigte sich nicht. Traurig und langsam wandte er sich nun dem Park zu, aber »o Wonne! o Entzücken!« Da, aus den schattigen Gängen, kam sein verehrter Kronprinz gerade auf ihn zu.

Stramm und mit militärischer Haltung stand Wilhelm sofort still. Der Kronprinz, welcher den hübschen Jungen schon gestern bemerkt hatte, erkannte ihn sogleich wieder und rief, seinen ehrerbietigen Gruß freundlich erwidernd: »Ei, junger Freund, auch schon so früh auf der Morgenpromenade; nun, da können wir ja zusammen gehen.«

Wilhelms kluge Antworten, sein artiges, bescheidenes Wesen, gefielen dem Kronprinzen so, daß er ihn oft in seine Nähe zog und ihn nach seinen Geschwistern und nach seiner Schule fragte. Dabei erzählte dieser eines Tages dem hohen Herrn, durch dessen huldvolle Freundlichkeit er sehr zutraulich geworden war, die Gespräche seiner kleinen Geschwister von damals; auch von ihrer Enttäuschung, daß der Prinz keine Flügel habe und nur wie ihr Onkel Oberst gekleidet sei. Das belustigte den hohen Herrn, welcher Spaß und Scherz liebte, sehr.

»Was willst du denn einst werden?« fragte er darauf Wilhelm.

»Soldat«, antwortete dieser mit großer Bestimmtheit und mit glänzenden Augen. Diese Frage aus dem Munde des Kronprinzen hatte er sich so sehnlichst gewünscht. –»Aber nach Berlin kann ich nicht kommen, sagt mein Vater,« fuhr der Knabe fort, »dazu reicht sein Geld nicht, und ich möchte doch so gern dorthin«, setzte er betrübt hinzu.

»Nun, mein Junge, dann muß ich dir wohl dazu verhelfen und dir eine Stelle in einem Kadettenkorps verschaffen? Wenn du fleißig lernst und brav bleibst, werde ich dann weiter für dich sorgen.«

Wilhelm war außer sich vor Freude. Das ging über sein Hoffen und Erwarten, und er wußte nicht, wie er für soviel Güte seinen Dank so aussprechen sollte, wie ihn sein frohbewegtes Herz empfand; feierlich gelobte er, sich stets solcher Gnade wert zu zeigen.

Jahre sind nun schon darüber hingegangen. –Tapfer hat Wilhelm sein Versprechen gehalten und sich durch seinen Fleiß und gutes Betragen das Wohlwollen und die Zufriedenheit seiner Lehrer und Vorgesetzten im Kadettenkorps erworben, wohin er sehr bald durch die gnädige Vermittlung des Kronprinzen gekommen war. –Auch sein Wunsch, in ein Berliner Regiment einzutreten, ist ihm durch die Güte seines hohen Gönners erfüllt worden.

Jetzt ist er schon lange ein tüchtiger Offizier, der unserem Kaiser Wilhelm ebenso treu und ergeben ist, wie einst seinem hohen Vater. Und wenn wieder jemals ein böser Feind unser teures Vaterland bedroht, dann werdet ihr, kleine Männer, auch groß sein und wie er in den Krieg ziehen und alle ebenso mutig kämpfen, wie damals unsere tapferen Soldaten. –Und ihr, Deutschlands Töchter, werdet dann unsere armen, braven Verwundeten, die für unsere Ruhe und für unseren Frieden ihr Leben gewagt und ihr Blut vergossen haben, ebenso treu pflegen und trösten, wie es einst unsere deutschen Frauen und Jungfrauen taten.

Nun, meine lieben Leser, muß ich euch doch noch erzählen, daß auch Fritz, wenn auch kein Minister, so doch ein braver und strebsamer Mann geworden ist. Lenchen und Lieschen, die zu anmutigen Jungfrauen herangeblüht waren, sind jetzt schon lange biedere deutsche Hausfrauen, die ihren lieben Brüdern in der Ferne manch schönes Wurstkistchen senden. Alle wissen sie nun längst, daß der Vater damals geistige Flügel gemeint hatte, die einen weit höheren

Wert haben, als die wirklichen, und mit denen sich unsere tapferen Hohenzollern emporgeschwungen und unser Vaterland zu dem größten Reich der Welt erhoben haben. –Und so viel steht fest, alle vier Geschwister sind gute Patrioten geworden, wie ihre Eltern es waren. Sie stehen treu zu unserem lieben Herrscherhaus, zu unserem verehrten Kaiser Wilhelm dem Zweiten.

Der Mutter Geburtstag

In dem Garten einer Villa saßen vier Schwestern einträchtig beisammen, um vertraulich etwas sehr Wichtiges miteinander zu beraten. –Es betraf den Geburtstag der Mutter, mit dessen Feier sie gar nicht recht zustande kommen konnten. Darin waren sie wohl alle einig, daß es etwas sehr Schönes, nie Dagewesenes sein sollte, womit sie die Mutter erfreuen und völlig überraschen wollten. Aber über das Wie und Was zerbrachen sie sich noch die Köpfe. –

»Wir wollen zu Tante Anna hinaufgehen,« sagte die Älteste, die dreizehnjährige Helene, »die weiß immer Rat und hilft uns gewiß das Beste zu finden.«

»Ja, das ist wahr, das wollen wir tun«, entgegnete sehr erfreut die zwölfjährige Olga. »Die Tante wollen wir bitten, das ist wirklich das Richtigste.« Und die beiden Kleinen, Erna und Hedwig, welche erst neun und zehn Jahre zählten, stimmten natürlich den beiden älteren Schwestern bei, und alle vier erhoben sich, um in das Zimmer der Tante zu eilen.

Tante Anna war die unverheiratete Schwester des Vaters, eine heitere, frische Natur, deren noch jugendlichen Zügen und munteren Augen man es nicht ansah, daß sie die Vierziger schon überschritten hatte. Sie war der gute Geist des Hauses, die für jeden hilfsbereite, gute Tante.

Diese saß eben, sehr emsig mit einer Geburtstagsarbeit für die Schwägerin beschäftigt, am Fenster ihres gemütlichen Zimmers, als die Tür hastig geöffnet wurde und die vier Schwestern eintraten. –

»Guten Morgen, liebes, bestes Tantchen!« riefen alle zugleich. »Wir kommen wieder mit einer großen Bitte zu dir!« so nahm Helene das Wort. »Rate einmal, was es ist, was wir von dir erbitten wollen.«

Freundlich ruhte das Auge der Tante auf den blühenden Nichten, welche mit wichtigen Mienen vor ihr standen. »Gewiß soll ich wieder bei den Eltern ein gutes Wort für euch einlegen, weil ihr ein neues Kleid oder sonst etwas haben wollt«, sagte die Tante lachend, weil sie wußte, daß sie oft in solchen Dingen als gütige Vermittlerin gebeten wurde.

»Nein, Tantchen,« erwiderte Helene, »das wagen wir nicht mehr, seit du uns belehrt hast, daß die Eltern am besten wissen, was uns nötig ist, und daß sie gewiß sehr triftige Gründe haben werden, wenn sie es uns abschlagen. –Es ist heute wirklich etwas ganz anderes, weshalb wir deine Hilfe in Anspruch nehmen wollen. Wir dachten, du könntest uns gewiß beistehen, eine großartige Feier zu Mamas Geburtstag zu ersinnen, und nur darum wollten wir dich sehr herzlich bitten. Wir möchten ein Theaterstück aufführen, aber das muß auf die Mama passen, und wir wissen nicht, wie wir uns ein solches beschaffen können, und dachten nun, daß du uns sicher raten würdest. Nicht wahr, du wirst uns helfen, damit es auch sehr hübsch wird und der lieben Mama große Freude macht?«

»Ja, das ist sehr recht von euch, meine Knöspchen, daß ihr darauf bedacht seid, eure Mutter zu erfreuen, und gern will ich euch dabei helfen, so viel ich nur vermag«, entgegnete freundlich die Tante. »Aber, Kinder, ein Theaterstück würde ich euch als letzte Überraschung am Abend aufzuführen raten, wenn alle Verwandten und Gratulanten froh beisammen sind. Natürlich muß es auf den Geburtstag passen; ein solch einfaches, nettes Stückchen bekomme ich wohl auch fertig. Doch wenn ihr am Morgen euer Mütterchen mit einer Ansprache oder dergleichen begrüßt, das denke ich, würde sie sehr überraschen.«

»Ja, das wäre reizend, aber dabei mußt du uns helfen, du gutes, süßes Tantchen«, schmeichelte Helene.

»Das will ich gern tun, mein Lenchen«, erwiderte die Tante; »ich habe schon viel in diesen Tagen darüber nachgedacht, ob mein alter Kopf nicht so etwas für euch erdichten könnte. Und nun hört einmal, was die alte Tante ersonnen hat.«

»Ach, wie schön von dir!« riefen die erfreuten Kinder dazwischen, und Tante Anna mußte erst ein Dutzend Küsse und Umarmungen hinnehmen, bevor sie mit ihrem Vorschlage beginnen konnte.

»Aber ›alte Tante‹ darfst du dich nicht immer nennen«, fiel Olga ein; »nein, das klingt häßlich und paßt auch für dich gar nicht, denn du bist unsere hübsche, junge Tante.« –

Wer die Dame jetzt so fröhlich lachend mit der Jugend sah, mußte den Kindern recht geben; das Wort »alt« paßte weder zu dem interessanten, noch immer hübschen Gesicht, noch zu dem Frohsinn, welchen sie sich trotz mancher Lebensstürme erhalten hatte.

Sehr belustigt über den Eifer der Nichten, welche das ihnen so häßlich erscheinende Wort »alt« nicht gelten lassen wollten, erwiderte sie: »Nun, meinetwegen, dann hört, was die junge Tante ersonnen hat.«

Doch nun plagt euch mit der Neugierde, meine kleinen Leser; das sollt ihr erst an dem festlichen Tage erfahren, früher verrate ich es euch nicht, sondern hülle mich, wie es die Kinder taten, in tiefes Schweigen.

Bei der Tante oben ging es nun sehr geschäftig zu. Es war um die Pfingstzeit, und die Schwestern hatten gerade Ferien. Da waren sie jetzt immer im Zimmer der Tante oder im Garten in der großen Laube zu finden, wo sie übten und ihre Vorbereitungen trafen.

Am Vorabende des festlichen Tages, als sie wieder alle bei der Tante versammelt waren, um die letzte Probe zu halten, wurde plötzlich die Tür heftig aufgerissen, und die Wirtschafterin stürzte, das kleine Hänschen vor sich herschiebend, aufgeregt herein. –Das Gesicht des kleinen Männchens war ganz mit brauner Farbe beschmutzt, ebenso die Händchen, daneben sah das vor Ärger dunkelrote Gesicht seiner Begleiterin zu komisch aus. Alle, selbst die verständige Tante, mußten herzlich lachen. Der Kleine machte ein so klägliches Gesicht, daß alle schon halb den Verdruß der Wirtschaftern errieten. –Und das Lachen brachte nun diese vollends aus der Fassung. »Ja, mir ist wahrhaftig nicht zum Lachen zumute«, sagte sie fast weinend vor gesteigertem Ärger. »Da kommt der gnädige Herr nach der Küche mit diesem unartigen Schlingel, und weil er so verzogen und eigensinnig ist und nicht gehorchen will, hat ihn der Herr in meine Speisekammer eingesperrt und mir befohlen, ihn erst nach einer Viertelstunde wieder herauszulassen. Was tut die Naschkatze? Er macht sich an die eben fertiggewordene Torte mit dem Schokoladenguß und nascht nicht nur von dem Ausputz, sondern kratzt auch die ganze Schokolade rund herum ab. Davon sieht der unnütze Junge auch so entsetzlich aus. –Da, sehen Sie ihn nur ordentlich an«, damit schob sie das nun bitterlich weinende Hänschen zu der Tante hin und eilte höchst grimmig von dannen.

Trotzdem die Tante nun den kleinen Sünder sehr tadelte und ihm seine Naschsucht ernstlich verbat, konnte sie es doch Nicht hindern, daß die kleinen Mädchen wieder ein helles Lachen anstimmten, was sich noch steigerte, als der kleine, reuige Sünder die Tante küßte und diese sich den Schokoladenkuß abwaschen mußte. Dabei säuberte sie nun auch zugleich den Kleinen, der alle inständigst bat, es nicht der Mama zu verraten.

Herrlich mit goldenem Sonnenschein brach der Morgen des festlichen Tages an. Um 6 Uhr schon hörte man die glücklichen Kinder in dem Salon herumwirtschaften. Überall brachten sie Blumen, Maiengrün und frische Tannenzweige an und schmückten das Zimmer so feierlich wie zu einer Hochzeit. Dann legten die Kinder und die Tante ihre zierlichen Arbeiten malerisch zwischen Blumen auf den Geburtstagstisch. Auch der Vater mußte das schöne, seidene Kleid, welches dieser mit der Schwester ausgesucht hatte, für den Aufbau geben.

»Die Briefe und Geschenke von Großmama und dem Onkel müssen auch noch dazu gelegt werden«, sagte Helene. »Wenn nur der Briefträger noch zur rechten Zeit käme«, entgegnete Olga besorgt, daß dieser sich verspäten könnte. Allein diese Befürchtung war unnötig, denn ehe sie mit ihren großartigen Vorbereitungen fertig waren, kam der Ersehnte und brachte eine Anzahl Briefe und die erwähnten Geschenke der Großmama und des Onkels. »Die werden aber natürlich nicht ausgepackt,« entschied die Tante, »die legen wir an das Ende des Tisches, und ringsherum Blumen.« Wenn auch nicht gern, so fügten die kleinen Neugierigen sich doch darein.

»Jetzt laßt uns noch den Weg bis zu Mamas Zimmer mit Blumen bestreuen, damit sie das ganze Jahr auf Blumen wandelt«, sagte scherzend die Tante.

»Ja, das ist sehr schön, und es wird heute eine entzückende Feier«, stimmten die Kinder eifrig bei.

»Nun macht aber und kommt, ich will euch schnell helfen, eure Kostüme anlegen«, mahnte die Tante. »Die Mama wird gewiß bald erscheinen, und ihr habt Eile nötig, um damit fertig zu werden.«

Während sich nun die Schwestern zu der besprochenen Überraschung ankleideten, lag Hänschen wachend und plaudernd im

Bette. »Du wirst dich aber mal schön freuen, Mamachen,« sagte er, »die haben alle Tage bei der Tante oben und im Garten gelernt, und mich haben sie immer fortgejagt. Sie sagen, ich plaudere alles aus, das habe ich doch aber nicht getan. Ich habe dir doch nicht einmal erzählt, daß ich mich so ganz heimlich hinter den Rosenbusch versteckt habe und gesehen, wie Lenchen eine Rose«, –weiter kam der kleine Verräter jedoch nicht, denn die Mutter rief: »Pfui, Hänschen, wirst du still sein und den guten Schwestern die Freude nicht verderben.«

Da fiel dem kleinen Mann nun plötzlich die fatale Geschichte mit der Torte ein, –wenn die Schwestern das auch verrieten! – Erschrocken schwieg er nun still, und artig ließ er sich ankleiden.

Als Mutter und Söhnchen fertig waren, kam auch schon der Vater als Abgesandter, um zu sehen, ob die Feier bald ihren Anfang nehmen könne.

Da fing nun aber der vergnügte Papa auch ein bißchen zu plaudern an: »Komm nur, liebe Wanda,« sagte er, »du wirst heute dein blaues Wunder erleben.«

»Siehst du,« fiel nun triumphierend Hänschen ein, »der Papa hat auch geplaudert, und wenn die Schwestern es von mir erfahren, dann sage ich es von dem Papa auch!«

»Ei, du naseweiser Schlingel,« entgegnete lachend der Vater, »was habe ich denn verraten? Du bist aber wohl wieder eine rechte Plaudertasche gewesen?«

»Ich habe es ihm noch zur rechten Zeit verboten«, erwiderte statt seiner die Mutter, und erwartungsvoll verließen sie jetzt zusammen das Zimmer.

»Das ist wohl schon die Vorfreude?« sagte die Mutter lächelnd, auf die Blumen deutend.

»Jawohl, der Anfang«, erwiderte der Vater. »Du wirst staunen«, und dabei öffnete er mit schalkhaftem Blick die Tür des Salons. – Welch ein entzückender Anblick bot sich hier dar! Vier holde, weißgekleidete Wesen schlangen einen frischen Rosenkranz um das Geburtstagskind und führten es zu ihrem Platze. Jede ein Ende des Kranzes in der Hand haltend, so blieben sie vor der Mutter stehen und gewährten zusammen einen lieblichen Anblick. Helene führte das Bild der Rose auf und hatte ein Rosenkränzchen auf dem Kopfe. Auch an Schultern und Brust waren frische Rosenknospen befestigt, und ebenso waren Rosenknospen in das Kranzende, welches sie hielt, gewunden.

Olga war in gleicher Weise mit Veilchen geschmückt, Erna mit Maiglöckchen, und Hedwig stellte das bescheidene Vergißmeinnicht dar. Wie bei Helene, waren in jedem Ende des Kranzes die betreffenden Blumen zu sehen. So umstanden sie die freudig überraschte Mutter, und jede sagte ein von der Tante gedichtetes und auf den Tag bezügliches Verschen.

Die Kinder hatten ihren Zweck vollkommen erreicht, den Geburtstag der Mutter in schöner Weise zu feiern. Beide Eltern waren sehr beglückt, und die Mutter schloß alle vier Kinder auf einmal dankend in die Arme.

»Das hast du gewiß so schön erdacht, liebe Anna,« sagte sie, »und meine Blümchen haben es so herrlich ausgeführt!«

»Mir allein gebührt das Lob nicht«, entgegnete die Tante. »Die Kinder haben bei allem redlich mitgeholfen und ihre Gedanken ausgesprochen, die ich, so gut ich es vermochte, in Verse gebracht habe.«

»Was dir sehr gelungen ist«, sagte die Mutter; »auch die duftigen, weißen Kleidchen sind doch gewiß in deiner Stube entstanden?«

»Nun ja! Helene, Olga und meine Wenigkeit, wir haben unsere Geschicklichkeit aufgeboten, um die Kleidchen so nett als möglich herzustellen.«

»Aber, bitte, komm doch, Muttchen, und sieh dir deinen Geburtstagstisch an!« mahnten die kleinen Mädchen ungeduldig.

»Oh, diese Pracht!« rief die Mutter überrascht. »Obgleich ich daran gewöhnt bin, stets an meinem Geburtstag viele Beweise der Liebe zu erhalten, so sind es dieses Mal doch der Überraschungen fast zuviel.«

Als die Mutter nun den Aufbau bewundert und belobt hatte, fragten alle: »Wo bleibt denn aber Hänschen mit seinem Sträußchen?«

»Hier«, antwortete zaghaft der Kleine, welcher sich hinter dem Vater versteckt hatte und ängstlich nachzudenken schien.

»Lenchen,« flüsterte er der Schwester zu, »ich habe den Anfang vergessen. Bitte, sage mir, wie mein Vers anfängt.«

Die Schwester nahm ihn schnell nach dem anderen Zimmer und sagte ihm den Vers noch einigemal.

Darauf brachte sie den Kleinen wieder zu der Mutter, auf deren Schoß er kletterte und vorzutragen begann. Doch schon bei den ersten beiden Zeilen blieb er stecken; sein Auge traf die Schokoladentorte, welche auf der Mitte des Tisches stand. Mit großer Mühe und mit des Vaters und Helenes Hilfe brachte er endlich das kurze Gedicht zu Ende. Doch kaum war er damit fertig, als er triumphierend und freudig ausrief:

»Ich habe ja den Kuchen gar nicht verdorben, da steht er doch.«

»Du kleines Äffchen,« sagte lachend der Vater, »uns allen hast du Schweigen auferlegt, und nun verrätst du dich selbst!«

Jetzt wurde die Geschichte von dem Kuchen zu aller Belustigung erzählt. Es war wirklich derselbe; die Wirtschafterin hatte den Rest des Gusses abgekratzt und den Kuchen dann mit einem anderen versehen.

Der kleine Knirps fühlte sich so beschämt, daß er vor Verlegenheit bitterlich zu weinen anfing. Doch die Mutter fand sogleich den rechten Trost für das betrübte Söhnchen, indem sie ihm ein recht großes Stück von der Torte versprach.

Am Nachmittag erschienen viele Gäste aus der Stadt und Umgegend, um ihre Glückwünsche darzubringen.

Als gegen Abend die Gesellschaft heiter plaudernd beisammensaß, kam die Tante Anna, welche sich geheimnisvoll wohl eine Stunde entfernt hatte, und bat die Herrschaften, hinaus in den Garten zu kommen.

Vor der Veranda waren Stühle und Bänke aufgestellt, worauf alle eingeladen wurden, Platz zu nehmen.

Erwartungsvoll richteten sich aller Blicke nach dem grünen Vorhang, welcher da so kunstvoll angebracht war. Bald wurde dieser zurückgezogen, und auf der hell erleuchteten Veranda spielten die Kinder nun ihr von der Tante verfaßtes Theaterstück meisterhaft von Anfang bis zu Ende.

Den Zuschauern machte es große Freude und viel Spaß, und von allen Seiten wurde den kleinen Spielern das größte Lob zuteil.

Auch die Ansprache, womit sie die Mutter am Morgen begrüßt hatten, mußten sie noch einmal in ihren Kostümen aufführen, und auch diese fand allseitigen Beifall.

Beim Abschied versicherten die Gäste, lange nicht einen so vergnügten Abend verlebt zu haben.

Die Mutter bat die Tante, diese Stücke zu veröffentlichen, damit andere Kinder ihre Mutter ebenso erfreuen könnten. Gern versprach sie, das tun zu wollen. »Gute Kinder,« sagte sie, »beglücken mit Freuden ihre Eltern und beweisen ihnen ihre Liebe und Dankbarkeit.«

Sollte, meine kleinen Leser, einer von euch den Geburtstag der Eltern in dieser Weise feiern wollen, so bin ich mit Vergnügen bereit, euch solche Theaterstückchen oder Ansprachen zu senden: dann wendet euch nur mit einem Briefchen an mich, und ihr werdet das Gewünschte sogleich erhalten.

Wenn ich auch nicht die Tante Anna in unserer Erzählung bin, so habe ich doch Kinder ebenso lieb und erfreue sie herzlich gern und helfe ihnen, wo sich nur die Gelegenheit bietet.

Die Ferien beim Großpapa

»Am Sonnabend wird die Schule geschlossen, dann haben wir einen ganzen Monat frei!« so sprach jubelnd eines Nachmittags Robert zu seinem älteren Bruder Kurt. »Großpapa schickt dann wieder seinen Wagen und läßt uns alle heraus auf sein schönes Gut holen. Wie wollen wir da wieder in Feld und Wald herumlaufen. Heißa! das wird ein Leben!« und dabei warf er seine Mütze in die Luft und spielte vor Vergnügen Ball damit.

Kurt sah von seiner Arbeit auf den lustigen Bruder, der fortfuhr, seine Freude in der lebhaftesten Weise zu äußern. »Ja,« sagte er, »auch ich freue mich sehr auf die schöne Zeit, vergiß du aber über der Freude deine Arbeit nicht. Du weißt doch, daß wir nur reisen dürfen, wenn wir ein gutes Zeugnis mitbringen. Du erinnerst dich wohl noch, weswegen du zu Großpapas Geburtstag zu Hause bleiben mußtest! –Mache es nur nicht wieder so!«

Diese Ermahnung ließ Roberts übermütige Freude verstummen; ihm fielen dabei alle seine Sünden ein. –Wie oft hatte er ein Buch vergessen oder eine mangelhafte Arbeit geliefert, dazu noch allerlei dumme Streiche verübt. –Was konnte daraus entstehen! Besonders in der letzten Zeit hatte er immer an die schöne Ferienreise gedacht, war daher sehr zerstreut gewesen und von seinem Lehrer oft getadelt worden. –Ihm wurde ganz schrecklich zumute, wenn er daran dachte, und wie er sich auf diese Weise vielleicht um das ganze Vergnügen brachte.

Der verhängnisvolle Sonnabend rückte heran. –Mit banger Besorgnis betrat unser Robert die Klasse. Es wurden nur die Ferienaufgaben diktiert, und der von Robert so gefürchtete Augenblick der Zensurenverteilung war da. –Eine der besten erhielt Kurt, Roberts fleißiger Bruder, dessen Betragen und Fleiß stets musterhaft gewesen war.

Wie aber sah es mit unserem Freunde Robert aus? –– Unheilverkündend ruhte des Lehrers strenger Blick auf ihn bei Überreichung des inhaltschweren Bogens. Zaghaft öffnete er ihn: es wurde ihm grün und gelb vor Augen, als er die vielen Tadel bemerkte, die wie Gespenster vor ihm tanzten. Während nun Kurt glückselig nach Hause und in das Zimmer des Vaters eilte, folgte ihm der faule Robert mit einem Armensündergesicht. Sein verstörtes Aussehen verriet auch dem Vater sogleich, wie die Sache stand. Strafend richtete sich sein Blick auf den kleinen Übeltäter, während er das Zeugnis Kurts in Empfang nahm. Mit großer Freude durchlas er dasselbe, holte ein blankes Dreimarkstück aus seinem Pult und reichte dieses Kurt. Hier, mein lieber Junge,« sprach er, »lege dieses Dreimarkstück zu den anderen, die ich dir als Lohn für deinen Fleiß gegeben habe. Treue Pflichterfüllung steht im Leben am höchsten, und dazu muß schon in frühester Kindheit der Grund gelegt werden. –Nur wer seiner Pflicht stets eingedenk ist, kann ein redlicher, geachteter Mann werden.«

Mit Strenge wandte er sich darauf an den zitternden Robert. »Wie lautet denn nun dein Zeugnis?«

Zögernd überreichte es Robert dem Vater. –»Wie die Arbeit, so sei auch der Lohn«, sprach dieser, als er es durchgelesen hatte. »Ich sehe wohl, alle meine Ermahnungen sind in den Wind gesprochen, und es ist dir gleich, ob du deinen Eltern Freude oder Kummer machst. Da du meine Güte nicht verstehst, so trifft dich jetzt meine Strenge und mein gerechter Zorn. Wir, deine Eltern und Geschwister, wollen uns die Freude nicht verderben, uns vier Wochen in Gottes herrlicher Natur zu erholen. Du bleibst natürlich hier, und ich übergebe dich der Obhut eines strengen Lehrers. Lebt noch ein Funken Kindesliebe in dir, so suche durch Fleiß und gutes Betragen die Zuneigung deiner Eltern und Lehrer wiederzugewinnen. Du magst inzwischen das Versäumte nachholen und über dich und dein unverantwortliches Betragen nachdenken.«

Da jammerte Robert laut und versprach alles mögliche; allein der Vater blieb fest, kannte er doch derartige Versprechungen schon und wußte daher auch, daß solche stets unerfüllt geblieben waren.

Eine Pension bei einem der Klassenlehrer war bald gefunden, und als gegen Abend der Wagen des Großpapas mit Eltern und Geschwistern hinausfuhr, saß Robert am Fenster seiner Stube und schaute dem lustigen Gespann mit den bittersten Tränen so weit nach, wie er nur sehen konnte. Er war so unglücklich, daß er gar nicht aufhörte, zu weinen, bis sein Lehrer eintrat und strenge befahl: »Höre jetzt auf zu weinen und zu jammern über etwas, das du selbst verschuldet hast. Werde fleißig und bessere dich in jeder Weise, damit du für die Zukunft solcher Strafen entgehst, aus welcher du später nur die Liebe und Gerechtigkeit deines guten Vaters erkennen wirst.«

Robert, der im Grunde seines Herzens kein schlechter Junge war, fühlte dieses Mal wirklich bittere Reue. Er sah ein, daß der Lehrer recht hatte, trocknete seine Tränen und faßte den festen Entschluß, sich zu bessern. –Täglich arbeitete er fleißig an seinen Ferienaufgaben; und bei dem guten Willen, den er jetzt hatte, fielen dieselben ganz zur Zufriedenheit des Lehrers aus. Dieser war sehr erfreut über Roberts Fleiß. Er gab ihm seine Zufriedenheit dadurch zu erkennen, daß er ihn häufig auf seinen Spaziergängen mitnahm und für allerlei kleine Zerstreuungen sorgte.

Artig und freundlich fügte sich jetzt Robert stets den Wünschen seines gütigen Lehrers und begriff gar nicht, wie er ihn, den er nun so verehrte, vor Wochen noch so gefürchtet hatte.

So vergingen auch für Robert die Ferien schnell, und die Zeit nahte, wo Eltern und Geschwister wieder heimkehren mußten.

Unser wackerer Robert konnte sich jetzt von Herzen auf das Wiedersehen freuen; sein Lehrer hatte längst dem Vater berichtet, wie brav er gewesen war, und daß er nie Grund zu Klagen gegeben hatte.

Am Montag sollte die Schule wieder beginnen, und am Sonntag nachmittag brachte der Wagen des Großpapas die Lieben wieder nach Hause.

Jubelnd eilte Robert ihnen entgegen und in die Arme der teuren Eltern, die er erst so tief betrübt hatte, und die sich nun durch seine Reue und Besserung beglückt fühlten und ihm gern alles verziehen.

Die Geschwister konnten nicht genug von dem schönen Leben bei den Großeltern erzählen. Kurt hatte eine silberne Uhr zur Belohnung seines Fleißes von dem Großpapa geschenkt bekommen; die Großmama hatte oft ihre Lieblingsgerichte gekocht, auch Kirschen und Erdbeeren hatten sie sich täglich pflücken dürfen. Die Güte und Liebe der Großeltern war nicht zu beschreiben, mit der sie für das Vergnügen der kleinen Enkel in jeder Weise gesorgt hatten. Wehmütig hörte Robert die Erzählung der glücklichen Geschwister an. Der Mutter war es sehr zu Herzen gegangen, daß ihr Söhnlein das alles entbehren mußte. Obwohl sie einsah, daß es zu seinem Besten nicht anders sein konnte, empfand sie doch mit Mutterliebe das Leid des Kindes so tief, als wäre es ihr geschehen. Immer hatte sie an ihren einsamen Robert daheim denken müssen und den lieben Gott gebeten, ihm Kraft zur Besserung zu verleihen; und das Gebet der Mutter für ihr Kind hatte Erhörung gefunden.

Robert ließ nun in seinem Bestreben, sich zu bessern, nicht nach. Beschlich ihn zuweilen eine kleine Unlust zum Lernen, so überwand er diese doch stets siegreich. Wie ihn sonst fast täglich die erzürnten Blicke des Lehrers getroffen hatten, so sprach jetzt aus ihnen Güte und frohe Verheißung für das bevorstehende Michaeliszeugnis.

Ehe es sich unser Robert versah, war der wichtige Tag wieder da. –Gespannt saßen die Schüler auf ihren Bänken, den Augenblick erwartend, wo sie ihr Urteil, Lob oder Tadel, schwarz auf weiß erhalten sollten.

Als die Reihe an Robert kam, brauchte er sein Zeugnis nicht schuldbewußt zu öffnen; hatte er sich doch so redlich Mühe gegeben und es nie an Fleiß und gutem Willen fehlen lassen. –Und siehe da! Wie ganz anders lautete es dieses Mal! Es war eines der besten. –Glückstrahlend eilte Robert zu seinem Vater. Dieser drückte ihn hocherfreut an sein Herz und schenkte ihm auch ein blankes Dreimarkstück.

»Mein lieber Sohn,« sprach der Vater gerührt, »da du mir eine so große Freude bereitet hast, will ich dich auch erfreuen. –Ich habe dem Großpapa geschrieben, wie du dich gebessert hast; ich will ihm sogleich dein Zeugnis schicken und ihn bitten, uns wieder mit seinem Wagen abholen zu lassen. Du sollst nun für deinen Fleiß ebenso belohnt werden, wie ich dich damals strafen mußte.« Laut jubelnd vor Glück flog Robert dem gütigen Vater um den Hals und dankte für so viele Liebe.

Er war so selig, daß er vor froher Erwartung kaum in der Nacht schlafen konnte. Schon früh am Morgen traf der Wagen des Großpapas ein. Begünstigt vom schönsten Wetter und in der heitersten Stimmung ging nun die Reise vor sich.

Bald war das ersehnte Ziel erreicht. Die lieben Gäste erwartend, standen die Großeltern schon vor der Tür.

»Da ist ja mein kleiner, fleißiger Mann, mein Robert, den ich so lange schmerzlich vermißt habe«, rief heiter der Großpapa, hob ihn vom Wagen, herzte und küßte ihn.

Im Gartensaal stand schon ein gedeckter Tisch bereit, um den sich nun die glückliche Gesellschaft versammelte.

Dann ging es sogleich hinaus in den prächtigen Garten, wo jetzt der Wein reif war und die Pflaumen- und Apfelbäume so voll saßen, daß die Äste fast unter ihrer Last brachen.

Es war wieder eine köstliche, herrliche Zeit bei den guten Großeltern, die darin unermüdlich waren, den Enkeln immer neue Freuden zu bereiten. –Auch das Erntefest fiel in diese Zeit. Es machte den Kindern großen Spaß, zu sehen, wie die Leute die mit bunten Bändern geschmückten Kronen von Getreideähren den Großeltern mit einem Gedicht überreichten, und wie alle Arbeiter mit Musik aufmarschierten. Darauf folgte der lustige Tanz in der Scheune, woran alle teilnahmen; auch die Großeltern erwiesen ihren Leuten die übliche Ehre, einmal mit ihnen zu tanzen.

Ein guter Mensch darf auch denen die Anerkennung und den Dank nicht versagen, die für ihn arbeiten und unter ihm stehen.

Es war ein köstlicher Tag, der noch lange in der Erinnerung der frohen Kinderherzen lebte.

Doch wie alles im Leben, so erreichte auch hier die schöne Zeit ihr Ende. Die vierzehn Tage waren nur allzuschnell dahin, und der Tag der Abreise war da. –Robert wurde von seinem Großvater mit einer prachtvollen Festung beschenkt, wie er sich solche schon lange gewünscht hatte.

Redlich hatte er sein Versprechen gehalten; er blieb seinen Eltern stets ein guter, dankbarer Sohn und gab auch seinen Lehrern nie wieder Grund zur Unzufriedenheit.

Hat auch einer von euch, meine kleinen Freunde, denselben oder einen anderen Fehler, so macht es wie unser wackerer Robert. Bessert euch, da es noch Zeit ist, und vergeßt nie, daß von eurem Fleiß und Betragen in der Jugend euer späteres Glück und Wohlergehen abhängt. Macht stets euren Eltern Freude, die so liebevoll für euch sorgen. Nur gute Kinder hat der Vater im Himmel lieb und blickt mit Wohlgefallen auf diese herab.

Das Stiefmütterchen

Das zehnjährige Gretchen hatte vor einigen Tagen sein liebes Mütterchen verloren; es fühlte sich nun gar so einsam und weinte bitterlich.

»Wer wird mich nun so lieb haben wie mein herziges Mütterchen?« jammerte die Kleine, und immer wieder füllten sich die sonst so lachenden, blauen Äuglein mit Tränen.

Der Vater, welcher selbst so schwer durch den Tod der über alles geliebten Gattin litt, suchte wohl das arme Kind mit zärtlichen Worten zu trösten; aber selbst die innigste Vaterliebe vermag nicht einen so großen Schmerz zu lindern, wenn sich die treuen Mutteraugen für immer geschlossen haben. Gretchens Mama war so freundlich und sanft gewesen und hatte ihr einziges Kind unendlich lieb gehabt.

Wenn Gretchen aus der Schule gekommen war, hatte sie sogleich alle Zimmer nach der geliebten Mutter durchsucht, falls diese ihr nicht, wie so oft, selbst die Tür geöffnet und ihr heimkehrendes Töchterchen mit einem herzlichen Kuß begrüßt hatte. Wie so ganz anders, wie öde war es jetzt im Hause! –Die Tante, welche vorläufig noch die Stelle der Verstorbenen vertreten wollte, war ihr so fremd; sie war so ganz anders, als die liebe, heitere Mama.

Doch allmählich lindert die Zeit auch die tiefsten Schmerzen, und auch unser Gretchen wurde wieder froher. Wenn sie auch ihr liebes Mütterchen nicht vergessen hatte, so hatte sie sich doch darin gefunden, daß es bei dem lieben Gott im Himmel war, wo sie es einst wiedersehen würde.

So waren zwei Jahre dahingegangen, und Gretchen war nun schon zwölf Jahre alt, und recht groß und verständig für ihr Alter.

Im Hause aber blieb der Verlust der treuen, sorgsamen Hausfrau sehr fühlbar, und der arme Vater vermißte das liebevolle Walten der verlorenen Gattin schmerzlich. Da er diese so innig geliebt hatte, so kämpfte er schwer, bis der Gedanke in ihm reifte, sich eine zweite Frau zu nehmen. –Sah er doch auch, wie seinem Töchterchen zu sehr die leitende Hand einer Mutter fehlte. Obgleich er bis jetzt noch nie darüber gesprochen hatte, so ist es doch im Leben einmal so, daß fremde Menschen alles ahnen und besprechen, ehe es noch zur Gewißheit wird. Man hatte bemerkt, daß der Herr Amtsrichter

häufiger wie sonst im Hause seines Vorgesetzten, des Landge-
richtsdirektors Steinau, verkehrte, und allerlei Vermutungen darüber angestellt, bis man zuletzt einig war, daß die Nichte des Direktors, eine elternlose Waise, es war, um derentwillen Gretchens Vater
so oft in dessen Familie gesehen wurde. –Und noch, bevor etwas
entschieden war, hatte das ahnungslose Gretchen davon gehört.

»Eine Stiefmutter sollst du armes Kind nun bekommen!« hatte die
alte Wirtschafterin eines Tages zu ihr gesagt. »Ach, du lieber Gott,
deine gute Mama würde sich im Grabe herumdrehen, wenn sie
wissen könnte, wie bald sie dein Vater vergessen hat.«

Und wie es gar häufig in solchen Fällen vorkommt, wurden noch
allerlei unfreundliche Bemerkungen über die zukünftige Stiefmutter
gemacht, welche das Herz des unschuldigen Kindes mit Bitterkeit
und Angst erfüllten.

Als es denn auch wirklich so weit gekommen war, rief der Vater
Gretchen eines Tages in sein Zimmer, und sie zärtlich küssend,
sagte er freundlich zu ihr: »Mein liebes Kind, wir beide sind durch
den Tod deiner vortrefflichen Mutter so vereinsamt. Nie werden
wir sie vergessen, und ihr Andenken wird stets unserem Herzen
über alles teuer bleiben; aber so wie bisher, kann es nicht weiterge-
hen. Du bist in dem Alter, in welchem das Vorbild und die Erziehung einer Mutter durchaus nötig sind. Unserem Hause fehlt überall das Auge der sorgenden Hausfrau, und daher habe ich mich
bemüht, die rechte Wahl zu treffen, um dir eine zweite Mutter zu
geben. Ich habe versprochen, dich dieser heute zuzuführen, und ich
hoffe, daß du ihr Herz durch Liebe und Vertrauen zu gewinnen
suchen und ihr bald so nahe wie eine Tochter stehen wirst. Deine
zukünftige Mutter hat ihre Eltern früh verloren und weiß daher,
was der Verlust eines Mutterherzens bedeutet; sie wird dir mit of-
fenen Armen entgegenkommen.«

Gretchen hatte, während der Vater sprach, den Blick zu Boden
gesenkt und mit Tränen im Auge zugehört. Der Vater fand es nur
natürlich, daß sie bei der Erinnerung an die heimgegangene Mutter
weinte, und ahnte daher die wahre Ursache ihrer Tränen nicht.
Auch ihr Schweigen und schnelles Entfernen schob er diesem
Grunde zu. Nicht im geringsten dachte er daran, daß diese Mittei-
lung ihr so tiefen Schmerz bereitete, daß sie in ihrem Stübchen in

Tränen zerfloß. Trauer und Bitterkeit erfüllten ihr junges Herz, und sie nahm sich vor, derjenigen mit Kälte und Zurückhaltung zu begegnen, welche ihre Mutter werden sollte.

Das kleine Gretchen war bisher ein sehr vernünftiges und warmherziges Kind und dem Vater stets eine aufmerksame, gute Tochter gewesen. Er kam daher auch gar nicht auf die Vermutung, daß solche Gefühle das Herz der kleinen Waise jetzt erfüllten.

Traurig und mit bange klopfendem Herzen ging sie neben dem Vater her, als dieser sie am Nachmittag in das Haus des Direktors führte, und ihre Angst und Traurigkeit verließ sie auch nicht bei dem warmen, herzlichen Empfang der gefürchteten, zukünftigen Mama. »Habe mich lieb, mein teures Kind, ich will dir eine gute Mutter werden«, bat diese innig. Kalt reichte Gretchen der so freundlichen Dame die Hand, ließ sich umarmen und küssen und erwiderte nichts auf die zärtlichsten Worte, die aus einem treuen und liebevollen Herzen kamen.

Mit tiefer Betrübnis bemerkte diese die Scheu und Zurückhaltung der Kleinen und vermutete ganz richtig, daß dies wohl von dem Vorurteil und von den Einflüsterungen anderer gegen eine Stiefmutter käme. Trotzdem hoffte sie die Liebe des Kindes durch Güte und Freundlichkeit sich bald zu erwerben. –So leicht war dies jedoch nicht; das Gerede der Leute und alles, was Gretchen auch wohl über eine böse Stiefmutter gelesen hatte, konnte sie nicht so schnell vergessen.

Als bald darauf die Hochzeit gefeiert wurde und die junge Frau ihren Einzug hielt, wurde es so ganz anders in dem vernachlässigten Haushalt. Dankbar empfand der Vater das sorgsame, freundliche Walten der Gattin, auch daß diese mit unermüdlicher Geduld dahin strebte, sich das Vertrauen und die Zuneigung seines Töchterchens zu gewinnen. Trotzdem das kleine, törichte Mädchen hartnäckig an seinem Vorurteil festhielt, ließ die gute Frau in ihrem edlen Streben doch nicht nach.

Als Gretchen bald darauf ihren Geburtstag feierte, hatte die Mama schon früh am Morgen einen reizenden Geburtstagstisch mit frischen Blumen und mit allem, was das Herz der Kleinen erfreuen konnte, geschmückt. Auch einen großen Kuchen hatte sie gebacken und sie mit so inniger Liebe an ihr Herz gedrückt, wie es eine rechte

Mutter nicht herzlicher tun kann. Der Vater war tief gerührt, daß sein geliebtes Töchterchen nun wieder von sorgender Mutterliebe umgeben war, und dankte Gott, daß er so glücklich in seiner Wahl gewesen.

Auch Gretchen hatte heute zum erstenmal ein dankbares Gefühl und war sich bewußt, solche Güte nicht verdient zu haben. Gewiß hätte sie nun auch den Wert ihrer zweiten Mutter erkennen gelernt, wenn nicht wieder böse Menschen die guten Keime erstickt hätten.

Die alten Dienstmädchen, welche noch im Hause geblieben waren und denen es früher in der Freiheit viel besser gefallen hatte, sagten achselzuckend, als Gretchen ihnen ihren schönen Geburtstagstisch zeigte: »Damit will sie sich nur zeigen; dein Vater soll denken, wunder was sie getan, und er muß doch das Geld dazu geben. Vielleicht ist es ihr auch schon leid, daß es so viel gekostet. Die Stiefmütter kennt man schon, die gönnen den Stiefkindern niemals etwas.«

Obgleich diese boshaften und ungerechten Bemerkungen der Dienstboten dem guten Herzen Gretchens wehe taten, so gewannen doch dadurch wieder Zweifel an der Aufrichtigkeit der Mutter die Oberhand, und sie blieb auch fernerhin gegen deren Güte und Geduld blind.

Ms der Vater nun sah, daß Gretchen dabei blieb, jede Annäherung der Mutter zurückzuweisen, wurde er ernstlich böse, rief sie in sein Zimmer und sagte strenge: »Meine Geduld ist jetzt zu Ende, nur zu lange habe ich es ruhig angesehen, wie du die Güte deiner so guten Mutter mit dem schwärzesten Undank lohnst. Wenn du dich nicht ändern und zur besseren Einsicht kommen willst, bin ich gezwungen, mich von dir zu trennen und dich in eine Pension zu bringen. Lange genug habe ich mich über dein unverantwortliches Betragen geärgert und hätte dir dies schon längst gesagt, wenn nicht deine Mutter stets für dich eingetreten wäre. Wenn du mir jedoch versprichst, ihr fortan eine gute, dankbare Tochter zu werden, so soll alles auch jetzt noch vergeben und vergessen sein.«

Als Gretchen hierauf aber trotzig schwieg, rief der Vater mit lauter Stimme: »Zwinge mich nicht, dir meine Liebe zu entziehen, du weißt, wie sehr ich dich geliebt habe, aber solcher Trotz und Undank verdient Strafe.« Der Vater hatte bisher nie Grund gehabt, seinem Liebling so gegenüberzutreten, daher empfand Gretchen jetzt dessen Strenge doppelt schmerzlich. –Leider aber suchte sie den Grund nicht in ihrem Betragen, sondern sie häufte alle Schuld auf die zweite Gattin ihres Vaters.

Unter bitteren Tränen antwortete sie endlich: »Ja, lieber Papa, bringe mich fort, es macht mir so großen Kummer, dich zu betrüben, aber ich kann nicht anders werden. –Nein, nein, gewiß nicht!« rief sie mit lautem, verzweifeltem Schluchzen.

Der betrübte Vater sah nun wohl ein, daß ihm jetzt nichts anderes übrig blieb, als sich von seinem einzigen Kinde zu trennen und es fremder Obhut zu übergeben, wie sehr er auch dabei litt.

Als er hierauf seiner Gattin diesen Entschluß mitteilte, war diese sehr unglücklich darüber. –»Bringe sie dann doch lieber zu deiner Schwester Marie,« sagte sie, »die ist reich und hat keine Kinder, und wird unser Gretchen gewiß gern einige Zeit bei sich aufnehmen. Ich hoffe, daß wir uns nicht allzulange werden von ihr trennen müssen. Vielleicht wirst du in nächster Zeit versetzt, und wenn wir dann in eine andere Stadt kommen, hört das böse Geschwätz der Leute auf, dadurch wird sicher alles anders werden. Das Kind hat ein gutes, warmes Herz, und ich hoffe zuversichtlich, daß es mir doch gelingen wird, mir ihre Liebe zu gewinnen. Es ist zu traurig, daß das Vorurteil gegen eine Stiefmutter sooft die Herzen trennt. Ich bin sehr betrübt darüber, daß die arme Kleine nun das Elternhaus verlassen soll. Bitte, bringe sie zu deiner Schwester«, bat sie noch einmal so rührend und besorgt um des Kindes Wohl.

Der Vater erfüllte auch sogleich die Bitte der Gattin, schrieb an seine Schwester und fragte, ob sie geneigt wäre, seine Tochter einige Zeit bei sich aufzunehmen.

Sehr bald traf die Antwort der jungen Frau ein, welche in freundlichster Weise versicherte, wie sehr sie sich freue, das holde Kind bald um sich zu haben, und wie treu sie Mutterstelle an ihm vertreten wolle.

Gretchen dachte sich das Leben im Hause der reichen Tante sehr schön und freute sich, dorthin zu kommen, obgleich ihr die Trennung von dem geliebten Vater recht schwer wurde.

Die Tante war sehr entzückt über das Nichtchen, das sie lange nicht gesehen und das so groß und lieblich geworden war.

Die junge Witwe war reich und machte ein großes Haus. Daher nahmen sie die Geselligkeit, die Theaterbesuche und sonstige Vergnügungen so in Anspruch, daß ihr keine Zeit blieb, sich um den Haushalt und um andere Angelegenheiten zu kümmern. Weil sie selbst kinderlos war und niemals Kinder um sich gehabt hatte, verstand sie auch nicht, diese zu leiten. Was es bedeutet, treu Mutterpflichten zu erfüllen, dafür hatte sie kein Verständnis. Trotzdem sie Gretchen mit Näschereien und allerlei schönen Sachen beschenkte, so fühlte sich diese doch gar bald einsam und verlassen, da sich sonst keiner um sie kümmerte. Es war daher auch ganz erklärlich, daß sich das Kind bei allem Glanz, der es umgab, nicht heimisch fühlte. Sie sehnte sich nach dem Vater und kam so ganz unbewußt auf den Gedanken, wieviel besser und angenehmer der Haushalt daheim bei aller Sparsamkeit unter der sicheren Leitung der Stiefmutter war. Obgleich sie solche Gedanken immer wieder unterdrückte, so mußte sie doch fortwährend nach Hause denken, und in der Erinnerung fand sie ihre Stiefmutter gar nicht mehr so schlecht. –Die herzlichen Briefe derselben las sie schon nicht mehr so gleichgültig wie die ersten, die sie kaum einer flüchtigen Durchsicht gewürdigt hatte. Obgleich sie in ihren Briefen nie eine Klage aussprach, so merkten ihre Eltern doch, daß sich ihr Töchterchen nicht wohl und glücklich fühlte.

»Wir wollen sie doch zurückholen«, bat die Mama, »ich werde mir noch einmal rechte Mühe geben, vielleicht ist sie jetzt zugänglicher geworden.« Doch der Vater wußte wohl, daß es noch nicht ratsam sei, sie schon nach Hause kommen zu lassen. Obwohl er sich sehr nach seinem Gretchen bangte, so sagte er doch tröstend zu seiner Gattin: »Ich glaube, sie ist schon auf dem besten Wege, deinen Wert zu erkennen, allein zu früh dürfen wir uns nicht erweichen lassen. Vielleicht können wir zu Weihnachten den Versuch damit wagen, bis dahin aber wollen wir sie noch sich selbst überlassen.« Darin hatte der Vater auch wohl recht, allein wie sooft im Leben, sollte es auch hier ganz anders kommen.

Nach einigen Wochen war plötzlich in der Stadt, in der die Tante wohnte, das Scharlachfieber ausgebrochen, und viele Kinder aus

Gretchens Schule waren daran erkrankt. Auch Gretchen sollte davon nicht verschont bleiben. Eines Tages klagte auch sie über Kopf- und Halsschmerzen und mußte zu Bett gebracht werden. Die Tante geriet darüber in große Angst und Aufregung, und gab sogleich Befehl, Gretchens Bett in das abseits liegende Zimmer zu bringen, damit sie selbst die Ansteckung nicht zu fürchten brauche. Das kleine Dienstmädchen, welches noch zur Aushilfe im Hause war, mußte allein die Pflege Gretchens übernehmen und jede Berührung mit den anderen vermeiden. –So glaubte die Tante sowohl für das kranke Kind, wie auch für die eigene Sicherheit gesorgt zu haben. – Daß die junge, unerfahrene Person es mit der Pflege nicht so gewissenhaft nahm, war natürlich. –Diese benutzte ihre Freiheit, da sich niemand um sie kümmerte, um sich zu amüsieren. Sie lief fast immer draußen umher, während das arme Gretchen kränker und kränker wurde. Obwohl der herzugezogene Arzt die aufmerksamste Pflege verordnete, war die kleine Kranke oft fast verschmachtet, und niemand war da, der ihr einmal zu trinken gegeben hätte. – Weinend und jammernd verlangte sie nach Vater und Mutter. – »Mein Mütterchen ist so gut,« sagte das verlassene Kind bitterlich weinend, »sie würde mich pflegen und mich nicht so allein lassen wie die Tante.« –Diese hatte sich aus Furcht vor Ansteckung noch nie bei dem ihr anvertrauten Kinde sehen lassen und hatte den Worten des Mädchens, welches ihr alle Abend durchs Fenster Bericht von dem Befinden der Nichte erstatten mußte, mehr geglaubt, als dem Arzt. –Es wäre nicht so schlimm, hatte das leichtfertige Ding gesagt, Gretchen wäre nur so ungeduldig. –Daher schrieb denn die Tante den Eltern nur, die Kleine sei leicht am Scharlachfieber erkrankt. Doch jene wußten, welch eine heimtückische Krankheit das war und gerieten durch diese Nachricht in große Angst und Aufregung.

»Lieber Albert,« sagte die besorgte Mutter, »ich werde keinen Augenblick ruhig sein können, ehe ich das arme Kind selbst pflegen kann. Bitte, erlaube, daß ich sogleich mit dem nächsten Zuge zu unserem Töchterchen reise.«

»Du bist eine edle, gute Seele, meine liebe Martha,« sagte, durch so viel selbstverleugnende Liebe gerührt, der Gatte, »reise in Gottes Namen! Es wird mich sehr beruhigen, wenn ich das kranke Kind in deiner treuen Obhut und Pflege weiß. –Meine Schwester ist stets eine egoistische Natur gewesen, sie denkt immer zuerst an sich, und ich fürchte, daß sie sich nicht viel um die arme Kleine kümmern wird.«

In größter Eile packte nun die Mutter die nötigsten Sachen ein und reiste mit dem nächsten Zuge ab. –Erst spät am Abend kam sie an und fuhr mit einer Droschke nach der ziemlich weit vom Bahnhof gelegenen Wohnung der Schwägerin. Dort fand sie die Tür verschlossen und alles finster. Auf ihr wiederholtes Klingeln kam endlich schwerfällig die alte Köchin herbei, um zu öffnen. –Auf die Frage nach der Dame des Hauses, erklärte diese, die gnädige Frau sei ins Theater gefahren, über Gretchens Befinden konnte sie keine Auskunft geben, sie zeigte nur der sehr erschrockenen Mutter die Tür des Krankenzimmers. Hier sah es nun gar traurig aus. –Die kleine Patientin lag mit brennend heißem Kopfe in den heftigsten Fieberphantasien, jammerte und weinte immerwährend. – Herzzerreißend war es anzuhören, wie sie flehentlich die Mutter bat, ihr zu verzeihen, sie wolle auch nie wieder den Leuten glauben, daß sie eine böse Stiefmutter sei.

Obgleich die Mutter das Kind mit den zärtlichsten Worten beruhigte, so hatte das Fieber einen so hohen Grad erreicht, daß die Kranke immer laut schrie: »Mütterchen, komm, keiner kümmert sich um mich, niemand gibt mir zu trinken, und ich verbrenne vor Durst.«

Mit aller Gewalt vermochte die Mutter Gretchen kaum im Bett zu halten, durchaus wollte sie aufstehen und nach Hause laufen.

So phantasierte und fieberte das Kind die ganze Nacht. – Trotzdem die Mutter von der langen Reise ermüdet war, verließ sie das arme Töchterchen doch keinen Augenblick. –Der Arzt machte am Morgen ein sehr bedenkliches Gesicht und verhehlte nicht, daß die größte Gefahr vorhanden sei. Dieser Ausspruch erhöhte die Angst der armen Mutter, die nicht von dem Lager des geliebten Kindes wich. Endlich schien es auch, als fühle die Kleine das Walten der Liebe. Sie wurde ruhiger, und bald umschwebten sie im Traume freundliche Bilder, sie schien wieder daheim ein glückliches Kind zu sein. Bald wurde Gretchen ganz ruhig und verfiel in einen festen Schlaf.

Der Tod wich noch einmal von dieser jungen Menschenknospe, und der Arzt sagte erfreut: »Die Krisis ist vorüber, das Kind ist gerettet. Ihre aufopfernde Pflege, gnädige Frau, hat Wunder dabei getan.«

Mit Freudentränen dankte Frau Martha dem lieben Gott für das teure Leben und gelobte ihm, mit Muttertreue darüber zu wachen, und in dieses junge Herz den Keim zu allem Edlen und Guten zu legen. Wußte sie doch, daß ihr jetzt das Herz des Kindes warm entgegenschlug, und das beglückte sie über alles.

Sogleich teilte sie die frohe Nachricht von des Kindes Besserung dem Gatten mit, der in größter Sorge um sein einziges Töchterchen lebte. »Mit Gottes Hilfe«, schrieb sie, »gelingt es mir wohl, bald unser Kind heimzubringen, und ich will sie dann so pflegen, daß sie bald die schwere Krankheit ganz überwindet und wieder frisch und blühend wie früher wird.«

Und der Mutter Hoffnung ging rasch in Erfüllung. Eines Morgens schlug Gretchen die Augen hell und klar auf, und als sie die Mutter erkannte, deren Nähe sie so beglückend gefühlt, breitete sie die Arme aus und: »Mein gutes, liebes Mütterchen,« flüsterten noch schwach die bleichen Lippen, »liebst du mich und kannst du mir alles verzeihen?«

Mit Tränen der Rührung und mit zärtlichen Küssen bedeckte die Mutter das bleiche Gesichtchen; wie glücklich war sie, daß ihre Geduld nun so reich belohnt wurde! »Rege dich nicht auf, mein Herzenskind,« bat sie immer wieder, »ich habe nie aufgehört, dich zu lieben, und ich bin dir gewiß nicht böse; du armes Kind hast ja schwer darunter zu leiden gehabt. Verhalte dich nur jetzt recht ruhig, dann wirst du bald so gesund sein, daß wir nach Hause zu dem guten Papa reisen können, der die Zeit nicht erwarten kann, sein liebes Töchterchen wiederzusehen.«

Mit seligem Lächeln lag nun Gretchen still und flüsterte immer wieder: »Mein Mütterchen, mein liebes, liebes Mütterchen!«

Mit welcher Liebe wachte aber auch diese Mutter über das Töchterchen, wie suchte sie, als die Krankheit wohl gehoben, aber Gretchen noch schwach war und das Bett hüten mußte, dieses zu erheitern und zu unterhalten. Täglich sorgte sie für frische Blumen und tat alles, was sie dem geliebten Kinde an den Augen absehen konnte.

»Wie gut hat es der liebe Gott mit mir gemeint, daß er mir wieder ein solches Mütterchen geschenkt«, sagte Gretchen, sich herzlich an die Mama schmiegend.

»Ja, sieh, mein Herzchen,« erwiderte die Mutter, »als der liebe Gott deine gute Mama zu sich in den Himmel rief, da warst du ihre letzte Sorge, und sie bat den lieben Gott, dir wieder ein Herz zu geben, das dich ebenso warm liebt wie sie es getan. Und da hat er mich zu dir geschickt, und nicht wahr, mein süßer Liebling, wir wollen uns stets treu und innig wie Mutter und Tochter lieben?«

»Ja, mein Muttchen,« erwiderte Gretchen, »wie ich meine gute Mama geliebt habe, ebenso will ich dich lieben, und du sollst meine rechte Mutter sein; nie spreche ich das häßliche Wort ›Stiefmutter‹ wieder aus.«

Bald war Gretchen nun so weit hergestellt, daß die Mutter die Heimreise mit ihr antreten und dem glücklichen Vater sein Töchterchen wieder zuführen konnte.

Selig lag Gretchen in den Armen des Vaters und weinte vor Freude und Glück. »Kannst du mir denn auch ganz verzeihen, mein Väterchen?« sagte sie. »Ich weiß jetzt, welch eine gute Mutter du mir gegeben, und ich will euch beide nie wieder betrüben. Wirst du dann auch wieder vergessen können, welchen Kummer ich euch gemacht habe?«

»Du bist genug dadurch gestraft, mein liebes Kind, daß du durch eigene Schuld eine so trübe Zeit bei der Tante hast durchmachen müssen. Wir werden dich nun mit treuer Elternliebe hüten, daß nie wieder ein solch schlimmer Fehler, wie der Undank, in dein Herz einziehen kann. Laß dir das Erlebte eine Lehre für dein ganzes Leben sein.«

Gretchen versprach es und hat Wort gehalten. Sie stand jetzt fest und treu zu ihrer zweiten Mutter, deren Wert sie so lange verkannt hatte.

Es wurde von jetzt an ein so schönes Verhältnis zwischen beiden, daß niemand merkte, daß es nur Gretchens Stiefmütterchen war.

Wenn der liebe Gott einem von euch, meine kleinen Leser, sein liebes Mütterchen nimmt und dann eine zweite Mutter an ihre Stelle tritt, so macht es dieser leicht, euch zu lieben. Kommt ihr mit Liebe und Vertrauen entgegen und hört nicht auf die Reden gewissenloser Menschen.

Ich habe euch diese wahre Geschichte erzählt, damit ihr euch ein warnendes Beispiel an Gretchen nehmt und nicht wie diese erst durch trübe Erfahrung zur Einsicht kommt.

Der Wunderdoktor

Am Fenster eines luxuriös ausgestatteten Zimmers saß die kleine zehnjährige Edith und schaute gelangweilt auf das muntere Treiben der Straßenjugend.

Sie war das einzige Kind sehr reicher Eltern, und wurde sehr verwöhnt, denn jeder ihrer Wünsche wurde erfüllt, wenn diese auch oft recht töricht waren. Daher kam es, daß sie an nichts Freude fand, auch nicht mehr wußte, was sie sich wünschen sollte, und nicht wie andere Kinder ihres Alters froh und heiter umhersprang. Das schlimmste aber war ihre Unlust zum Lernen, was das Herz der Eltern mit größter Besorgnis erfüllte. Alle Vorstellungen und herzlichen Bitten derselben waren bei dem verzärtelten Liebling bis jetzt erfolglos geblieben.

Von einer höheren Töchterschule wurde Edith in die andere gebracht, doch stets hatte sie zu klagen und dies und jenes auszusetzen. Bald waren es die Lehrerinnen, welche ihr nicht gefielen, bald die Mitschülerinnen, die sie ärgerten oder sich über sie lustig machten.

Hätten nur die schwachen Eltern solchen fortwährenden Klagen Strenge entgegengesetzt, dann wäre es schon anders geworden. Doch stets wurde das Töchterchen getröstet und die Lehrerinnen wurden getadelt, die es nicht verstehen sollten, mit einem so zarten, schwächlichen Kinde umzugehen.

Das war sehr wunderbar. Nicht wahr, meine lieben Leser? Ihr geht alle fleißig und gern zur Schule? Ihr wißt auch, daß es dort verschiedene Kinder gibt, solche, die alles leicht fassen und begreifen, und wieder andere, denen das Lernen schwer wird. Mit allen wissen eure Lehrer und Lehrerinnen umzugehen, sie haben euch alle gleich lieb, wenn ihr nur fleißig und folgsam seid.

Beides aber war Edith nicht, und es war daher kein Wunder, wenn die Lehrerinnen auch einmal die Geduld verloren, und Schelte und Strafe nicht ausblieben.

Die Eltern beschlossen endlich, das Töchterchen aus der Schule zu nehmen und eine Erzieherin anzustellen, von welcher es allein unterrichtet werden sollte.

Das geschah. Da sich Edith aber nicht besserte, weder fleißiger noch aufmerksamer wurde, so blieb es ganz beim alten. Weil sie ihre Erzieherinnen stets unausstehlich fand, keine von ihnen leiden mochte, so hörte auch jetzt der Wechsel nicht auf. Alle redlichen Bemühungen, das träge, verzogene Kind zu Fleiß und Aufmerksamkeit zu bekehren, blieben jetzt ebenso erfolglos wie früher, und die Erzieherinnen verließen gern eine so unfleißige und undankbare Schülerin.

So kam es, daß das verzogene Mädchen bald gar keinen Unterricht hatte und nicht wußte, wie es die Zeit hinbringen sollte.

Das beklagenswerte Kind nahm seine prachtvolle Pariser Puppe zur Hand, warf diese aber schnell wieder beiseite. Das war ihr auch zu langweilig, die ließ alles mit sich machen, lachte nicht und sprach nicht. Nein, eine Puppe ist schrecklich, wenn sie auch noch so schöne Kleider hat, dachte Edith, lieber füttere ich doch meinen Papagei. Sie nahm ein Stückchen Semmel und trat an das Bauer, aber auch der Vogel ärgerte sie heute. Zu oft hatte das Tier gehört, daß die Erzieherin in verzeihlichem Unmut »Du träges Kind« gesagt hatte, und diese Worte hatte es aufgeschnappt und nachgesprochen.

»Träges Kind!« rief er ihr auch heute entgegen. Darüber war Edith nun ganz außer sich. Bitterlich weinend setzte sie sich an das Fenster und beneidete die vorübereilenden Straßenkinder, die sich untereinander neckten und fröhlich lachten.

»Wie können die nur lachen und so vergnügt sein?« dachte sie, »die müssen doch so schwere Körbe und so schlechte

Kleider tragen, und bekommen vielleicht noch gar zu Hause Schelte, wenn sie sich beim Spielen aufhalten und zu lange ausbleiben. Wie ist es nur möglich, daß solche Kinder so vergnügt und zufrieden aussehen. Ich bin doch reich und habe alles, was ich mir nur wünschen kann, und bin doch nicht froh und glücklich.«

Armes Kind, du bist bei deinem Reichtum und Überfluß doch ein recht beklagenswertes Geschöpfchen. Lerne erst erkennen, daß

Zufriedenheit die Quelle des Frohsinns und ein gar köstliches Pflänzlein ist, das oft eher in den Häusern der Armen, als in den Palästen der Reichen zu finden ist. Wo dieses Pflänzlein aber wächst, da herrscht auch Friede und Freudigkeit. Und in dem Herzen, wo Friede wohnt, da ist Gott, und wo Gott ist, da ist keine Not. Der liebe Gott will aber, daß allen Menschen geholfen werde; er führte auch dieses verirrte Schäflein, unsere Edith, noch zur Quelle des Frohsinns.

So recht aus tiefstem Herzen weinend und schluchzend, fand der Vater das unglückliche Kind. Er war soeben mit einem Brief in der Hand in das Zimmer getreten und erschrak sehr, sein Töchterchen so trostlos zu finden.

Er nahm sie auf seinen Schoß und suchte sie liebreich zu trösten. Es ging ihm sehr zu Herzen, sein einziges Kind so traurig zu sehen. Sie mit den zärtlichsten Worten beruhigend, sagte er mitleidig: »So kann es nicht fortgehen, mein Herzchen, das habe ich lange eingesehen, du mußt in andere Verhältnisse gebracht werden. Ich glaube, dir fehlt vor allem Bewegung in frischer Luft, Zerstreuung und Spiel mit Altersgenossinnen. Ich habe deshalb an meinen Bruder, an Onkel Karl, geschrieben, habe ihn dringend gebeten, uns zu besuchen und dich in seine Kur zu nehmen. Er ist ein kluger Arzt und wohnt herrlich in seiner Villa vor der Stadt; es ist fast wie auf dem Lande dort. Gewiß wird er sehr bald erkennen, wie du kuriert werden kannst. Als ich im vorigen Jahre den Onkel besuchte, habe ich mich über seine sechs Kinder gefreut, welche alle blühend und frisch aussahen und munter umhersprangen. Dabei lernten sie den ganzen Vormittag so fleißig, und es war ein gar schönes Verhältnis zwischen den Kindern und ihrem Hauslehrer.«

»Da soll ich auch wohl hin und den ganzen Vormittag lernen?« fiel Edith erschrocken ein. »Nein, lieber Papa, dabei könnte ich nicht vergnügt werden.«

»Warum willst du denn anders sein, als andere Kinder?« entgegnete ruhig der Vater. »Ich sagte dir ja, daß die Kleinen alle sehr lustig waren. Um acht Uhr begann der Unterricht, und um zehn Uhr war eine längere Pause. Da lief die kleine wilde Schar unter die Obstbäume und schüttelte sich Äpfel und Birnen herunter. Ihr munteres Lachen hörte man bis in die Stube hinein. Nachmittags machten die Kinder mit ihrem Lehrer einen langen Spaziergang und suchten Blumen im Walde und auf den Wiesen. Mit großen Sträußen von Beeren und Feldblumen kamen sie abends nach Hause. Sie brachten gesunden Appetit mit, und das Abendbrot schmeckte allen prächtig.«

»Was gab es denn, daß es ihnen so schön schmeckte?« fragte Edith neugierig. Ihr mundeten oft die seltensten Gerichte nicht.

»Nun, Leckerbissen waren es nicht, welche die Tante auftischte«, erwiderte der Vater. »Wenn der Onkel auch wohl ein gutes Einkommen hat, so gehört doch viel zu einem so großen Hausstande, und wenn die drei Jungen nachher studieren und etwas Tüchtiges lernen sollen, so hat der Onkel Ursache, schon jetzt zu sparen. Gewöhnlich bestand das Abendessen aus Brot, Butter, Wurst oder Schinken und einem Glase süßer, oder einem Teller saurer Milch. Arbeit und Bewegung schafft den Kindern Appetit.«

»Ja, aber für mich wird das doch nichts sein«, sagte nur kleinlaut Edith. »Das Haus im Garten, welches ich auf dem Bilde, das dir der Onkel geschickt hat, gesehen habe, denke ich mir wohl sehr schön; auch würde es mir gefallen, mit den Vettern und Kusinen zu spielen, aber lange möchte ich da dennoch nicht sein.«

»Versuchen wollen wir es, Kleine, und gleich einmal sehen, was der Onkel schreibt«, antwortete der Vater, den Brief öffnend. Beim Lesen wurde sein Gesicht so heiter, daß Edith verwundert fragte: »Der Onkel schreibt dir wohl etwas sehr Schönes, lieber Papa?«

»Ja, mein Kind, ich will es dir auch sogleich vorlesen. Höre nur: ›Daß deine kleine Edith noch immer so blaß und so wenig heiter ist, bedaure ich recht sehr. Gern erfülle ich Deinen Wunsch, das Kind in mein Haus und in meine ärztliche Behandlung zu nehmen. Ich werde in etwa acht Tagen kommen und mir meine kleine Patientin holen. Aber mindestens ein halbes Jahr müßt Ihr Euch von Eurem Lieblinge trennen. Wir alle wollen sorgen, daß es ihr bei uns gefällt. Vorher aber, lieber Bruder, muß ich erklären, daß ich ein sehr strenger Arzt bin, der sich durchaus nichts dreinreden läßt. Meine Anordnungen müssen genau befolgt werden, wenn meine Kur den gewünschten Erfolg haben soll. Dann aber hoffe ich Dir Deine Tochter frisch und blühend wie ein Röslein heimbringen zu können.‹

Nun, Kind, was sagst du dazu?« Mit dieser Frage wandte sich der Vater, als er den Brief zu Ende gelesen hatte, an Edith. »Nicht wahr, Schätzchen, ich kann dem Onkel antworten, daß wir am nächsten Sonnabend mit Freuden seinem lieben Besuch entgegensehen?«

»Ach nein! Schreibe noch nicht, liebstes Väterchen«, rief Edith erschrocken. »Vielleicht bringst du mich später hin, und wenn es mir bei dem Onkel nicht gefällt, dann reise ich mit dir wieder nach Hause.«

Der Vater aber wußte, warum der Onkel geschrieben hatte, daß er sich nicht dreinreden lasse. Und weil er dessen edles, menschenfreundliches Herz kannte, wußte er sein Kind unter dessen Schutz geborgen.

Ediths kränkliches Aussehen sowie ihr bei einem Kinde unnatürlicher Trübsinn hatten ihm schon lange schwere Sorgen und Kummer bereitet, deshalb hatte er sich nun auch vorgenommen, fest zu bleiben. Seinen vielen Bitten und Vorstellungen gelang es endlich, das Töchterchen zur Erfüllung seines Wunsches zu bewegen.

Fast noch schwerer als bei Edith, hielt es, der besorgten Mutter Einwilligung zu einer so langen Trennung von ihrem Lieblinge zu erhalten. Diese war schon seit langer Zeit kränklich. Weil ihr jede Aufregung ferngehalten werden sollte, war es eine schwierige Aufgabe, ihren Widerstand zu besiegen.

»Wie kann ich wohl das schwächliche Kind so lange von mir lassen!« sagte sie bekümmert. »Ich werde später mit ihr in ein Seebad reisen, das wird ihre Gesundheit kräftigen und sie wieder beleben. Die Angst, daß das arme, schüchterne Kind nicht so gepflegt wird, wie es seine zarte Gesundheit verlangt, würde mich verzehren.«

»Mit einem Seebade haben wir es oft genug versucht und wenig und keinen dauernden Erfolg gesehen«, entgegnete hierauf freundlich der Gatte. »Mein Bruder ist der beste und gewissenhafteste Mensch und ein sehr gescheiter Arzt. Gewiß wird er nicht weitere Versuche anstellen, wenn er sieht, daß ihr der Aufenthalt bei ihm auch nur im geringsten nachteilig werden könnte. Sicher wird er die Ursache des Übels gar bald erkennen. Ich glaube, daß er diese schon im vorigen Jahre, als er uns im Herbste besuchte, erkannt hat und deshalb das Kind schon damals mitnehmen wollte. Bei ihm ist Edith ebenso sicher aufgehoben wie im Elternhause.«

Wenn auch mit schwerem Herzen und mit Tränen, willigte doch zuletzt die für das Wohl des Kindes so bedachte Mutter ein.

So war denn alles zu Ediths Abreise bereit, als der Onkel am Sonnabend kam. Da dieser schon wieder am Montag früh zurückkehren mußte, so kam der Abschied eher als man erwartet hatte.

Weinend lag Edith am Morgen der Abreise in den Armen der Eltern, die selbst zu schmerzlich bewegt waren, um ihr Kind trösten zu können. Nur der Onkel in seiner gutmütigen Weise fand auch hier die richtigen Worte: »Kinder,« rief er mit komischem Ernst, »haltet ihr mich etwa für einen Ritter Blaubart, der euch eure Tochter entführen und nicht mehr wiederbringen will? Die kurze Zeit und noch dazu die schöne Sommerzeit wird doch schnell genug dahingehen. Seht nur, wie freundlich die Sonne scheint, das soll uns allen eine gute Vorbedeutung sein! Jetzt aber müssen wir einsteigen, wenn wir nicht sitzenbleiben und den Zug versäumen wollen. Nun lebt wohl! Auf frohes Wiedersehen im Herbst.« Sich von Bruder und Schwägerin herzlich verabschiedend, hob er die noch immer weinende Edith in den Wagen. Der Zug dampfte ab und führte das verwöhnte Kind weit fort von Eltern und Heimat.

Erst gegen Abend war das Ziel, der Wohnort des Onkels, erreicht. Die Tante mit drei kleinen Töchtern standen schon auf dem Bahnhofe, um die lieben Ankommenden zu erwarten. Nachdem alle den Gatten und Vater herzlich begrüßt hatten, umringten die kleinen Mädchen Edith, und küßten und umarmten sie zärtlich. Ebenso liebevoll und freundlich bewillkommnete sie die Tante. »Du bist nun mein liebes Pflegetöchterchen«, sagte sie, das schüchterne, schwächliche Kind teilnahmsvoll betrachtend. »Ich will dich wie eine Mutter hegen und pflegen, daß bald die Rosen auf den blassen Bäckchen blühen sollen.« Doch trotz aller Freundlichkeit, die ihr so aufrichtig entgegengebracht wurde, blieb Edith scheu und stumm. Das arme Kind, das sich zum erstenmal ohne Eltern in einem ihr fremden Familienkreise, wenn auch bei nahen Verwandten befand, fühlte sich einsam und verlassen. Deshalb waren ihre Zurückhaltung und ihre bangen Gefühle natürlich und verzeihlich.

Der kurze Weg bis zu der Wohnung des Onkels war bald zurückgelegt. Hier führten die kleinen Mädchen ihre neue Spielgefährtin überall herum und zeigten ihr all ihre Herrlichkeiten und Spielsachen. Doch wollte es ihren freundlichen Bemühungen nicht gelingen, das betrübte Kusinchen aufzuheitern. Als bald alle zum Abendessen gerufen wurden, flüsterte Hildegard, genannt Hilda, die älteste der drei Schwestern, Edith vertraulich ins Ohr: »Heute gibt es Schokolade, weil du den ersten Tag hier bist.«

Ist denn das so etwas Besonderes, dachte Edith. Schokolade hatte sie zu Hause alle Tage und zu jeder Zeit, wenn sie es gewünscht hatte, bekommen. Verwundert musterte sie darauf die einfache Tafel. Man hatte vorher nicht einmal gefragt, was sie essen wolle. Die Tante goß ihr wie den anderen Kindern eine Tasse Schokolade ein und machte ihr ein Butterbrot mit Schinken zurecht. Auf beides aber hatte sie heute gar keinen Appetit, etwas Pastete wäre eher nach ihrem Geschmack gewesen.

Nachdem sie noch eine Weile in ihren trüben Gedanken gesessen hatte, nippte sie mit spitzem Mäulchen an ihrer Tasse, Aber siehe da, die Schokolade der Tante war weit besser, als daheim. Sie wagte nun auch den Versuch mit der Schnitte Brot, auch diese schmeckte vorzüglich, und sie verzehrte beides mit großem Behagen. Als die Tante sie dann fragte, ob sie ihr noch eine Schnitte zurechtmachen solle, bat sie freundlich darum. Sie hatte sich doch vorgenommen, gar nichts zu essen, wie kam es nur, daß es dennoch so gut schmeckte? Weil du Hunger hast nach der Reise, mein Kind, den du zu Hause bei deinen ewigen Leckerbissen und Näschereien gar nicht kennen gelernt hast! –Mach nur kein so trauriges Gesicht, gewöhne dich nur erst an die neue, gesunde Lebensweise. Es wird dir hier bei deinen guten Verwandten und in Gesellschaft mit deinen freundlichen Kusinchen schon gefallen.

Der Vater hielt streng darauf, daß die Kinder regelmäßig um neun Uhr zu Bett gingen, was diese auch gehorsam taten.

Für Edith war in dem hübschen Erkerzimmer bei den beiden ältesten Kusinen ein sauberes, weißes Bettchen aufgestellt. Aber so freundlich und nett es auch in dem Zimmer aussah, unserer an höchsten Glanz gewöhnten Edith kam es entsetzlich einfach, fast armselig vor. Sie saß lange auf dem Stuhl vor ihrem Bett und sah alles mit verwunderten Blicken an, bis Hilda sie fragte, ob sie denn nicht anfangen wolle, sich auszuziehen.

»Das verstehe ich nicht allein«, entgegnete das verwöhnte Prinzeßchen. »Bitte, rufe ein Mädchen, welches mir dabei hilft; mein Koffer ist auch noch nicht ausgepackt, und ich muß doch mein Nachtzeug haben.«

»Wir haben nur ein Mädchen,« entgegnete Hilda, »wir ziehen uns alle allein an und aus. Sogar Trudchen, welche sogar erst sechs Jahre alt ist, kann es schon, ich mache ihr nur die Haare. Deine Sachen hätten wir schon vor dem Abendbrot auspacken können; jetzt werde ich nur dein Nachtzeug heraussuchen, das andere packen wir morgen früh gleich in die Schränke, welche Mama für dich leergemacht hat.«

Edith war ganz starr vor Schreck. Hörte sie denn recht? Alles allein sollte sie machen? Ängstlich fragte sie die geschäftige Hilda, die schon das obenaufliegende Nachtzeug aus dem Koffer gesucht und auf ihr Bett gelegt hatte: »Wer zieht mich denn aber morgen früh an?«

Höchst verwundert sah nun Hilda die Kusine an. Das war denn doch zu viel. –Angezogen wollte das große, zehnjährige Mädchen auch noch werden? Eben hatte sie ihr doch gefügt, daß selbst Trudchen das allein könne. Als sie dann aber das verzweifelte, traurige Gesicht des Kusinchens sah, tat es ihr aber doch leid. Freundlich und gefällig versprach sie Edith, ihr so lange helfen zu wollen, bis sie es gelernt hätte.

»Nun aber wollen wir schnell zu Bett gehen«, sagte darauf Hilda. »Sieh, Eva schläft schon, und auch du wirst gewiß von der weiten Reise müde sein.« Sie half nun schnell Edith beim Auskleiden und brachte sie wie ein gutes Mütterchen zur Ruhe. Dann wünschte sie ihr noch mit einem herzlichen Kuß eine gute Nacht und süße Träume im neuen Heim, hüpfte dann flink in ihr Bettchen und schlief bald ein. Unsere betrübte Edith konnte noch lange den Schlaf nicht finden und weinte still vor sich hin.

Wie anders war es doch daheim. Wieviel besser und weicher war dort ihr Bettchen mit der blauseidenen, spitzenbesetzten Decke und dem Betthimmel. Wie gut war doch ihre liebe Mama, die hatte nie verlangt, daß sie sich allein bedienen solle. Endlich aber schlief sie doch, von Müdigkeit überwältigt, ein und erwachte auch nicht eher, bis Hilda und Eva angezogen vor ihrem Bett standen und sie weckten.

»Laßt mich schlafen, ich bin noch müde«, fügte sie verdrießlich und wollte wieder die Augen schließen, aber die beiden Quälgeister ließen sich so leicht nicht abweisen. »Wenn wir heute am letzten Ferientag auch noch keine Schule haben, so müssen wir doch Punkt acht Uhr zum Frühstück unten sein«, sagte Eva.

»Ja, bitte, stehe auf«, bat nun auch Hilda: »ich werde dir schnell helfen, damit wir alle zur rechten Zeit fertig sind.«

Was half es! Wer zieht mich an, wenn Hilda nicht da ist, dachte Edith und bequemte sich dazu, aufzustehen.

Nachdem sie nun unter Hildas flinker und geschickter Hilfeleistung angezogen war, betraten sie alle drei das Frühstückszimmer. Hier fanden sie schon den mit einem weißen Tuch bedeckten Tisch. Vor jedem Platz der Kinder stand eine große Tasse schöner, frischer Milch; eine Semmel lag daneben. Alle, bis auf Edith, ließen es sich sogleich sehr wohl schmecken. Diese vermißte ihre schöne Schokolade mit feinstem Gebäck, und sie hätte gewiß ihr Frühstück unberührt gelassen, wenn nicht der Onkel, welcher sie unbemerkt beobachtet hatte, gerufen hätte: »Nun, kleine Edith, fange an, sonst werden die anderen eher fertig; deine Milch mußt du austrinken und deine Semmel dazu essen. Du wirst dich wohl erinnern, daß ich deinem Vater geschrieben habe, welch ein strenger Arzt ich bin,« fügte er lächelnd hinzu, »du sollst doch bald frisch und froh wie andere Kinder werden.«

Edith wagte keine Widerrede und beeilte sich nun, ihre Milch auszutrinken. Dann zog die kleine Gesellschaft hinaus in den schönen Garten, wo jetzt alle Obstbäume in vollster Blüte standen.

»Heute haben wir noch frei,« begann Hilda, »morgen haben wir wieder Schule, da müssen wir von 8–12 Uhr fleißig lernen. Wir hatten jetzt beinahe acht Tage Ferien, weil unser Fräulein Berg nötigerweise verreisen mußte. Heute nachmittag kommt sie nun wieder zurück. Wir wollen Laub und Blumen holen und ihre Stube bekränzen. Kommt und helft alle!« Eva und Trudchen waren sogleich dabei, nur Edith rührte sich erschreckt nicht vom Fleck. Mit Tränen kämpfend, stieß sie verzweifelt die Frage hervor: »Eine Erzieherin habt ihr, zu der soll ich auch in die Schule gehen? Nein, das tue ich nicht, ich will heute gleich wieder nach Hause. Papa sagte doch, ihr hättet einen Hauslehrer, vielleicht sind die besser, aber alle Lehrerinnen kann ich nicht leiden, die sind schrecklich, und die eure will ich gar nicht sehen.«

Diese artigen, fleißigen Kinder, welche ihre Lehrerin so lieb hatten, begriffen die Aufgeregtheit der Kusine nicht. Was war denn dabei so schrecklich? Im Gegenteil, es war viel schöner, seit Fräulein Berg im Hause war. Der Unterricht machte den Kindern Freude, und auf den Spaziergängen erzählte ihnen das gute Fräulein hübsche Geschichten. Auch allerlei nette Handarbeiten lernten sie. Fräulein Berg half ihnen sogar Puppensachen machen. Gewiß waren Ediths Erzieherinnen nicht so gut gewesen, sonst würde sie jetzt nicht so trostlos weinen, dachten die Kinder und boten alles auf, sie zu beruhigen und zu trösten. Endlich gelang dies auch, wenigstens etwas. Hilda hatte gesagt, alle Menschen sind nicht gleich; lerne nur erst unser Fräulein Berg kennen, und sie wird dir schon gefallen. Wenn Edith das auch nicht glaubte, kennen lernen konnte sie die Gefürchtete ja, und dann morgen gleich früh nach Hause reisen. Mit diesem Gedanken beruhigte sie sich vorläufig und half den Kusinen Kränze und Girlanden winden, wenigstens reichte sie ihnen dabei Grünes und Blumen zu, weil sie das Winden selbst nicht verstand.

Trotz der Angst im Herzen war ihr der Vormittag lange nicht so endlos wie sonst vorgekommen. Die freundlichen kleinen Mädchen taten alles, sie zu zerstreuen und zu erheitern. Es waren ganz reizende Geschöpfchen, das fand selbst Edith, und sie schloß sich ihnen ganz vertraulich an.

Spät am Nachmittag, als die Kinder eben mit den Kränzen und Girlanden fertig waren und das Stübchen der geliebten Lehrerin festlich geschmückt hatten, kam Trudchen atemlos hereingelaufen und rief: »Der Wagen kommt schon, Fräulein Berg wird gleich hier sein.«

Während nun alle hinauseilten, war die Erwartete schon da, und die Kinder begrüßten sie freundlich und zärtlich. Die Erzieherin umarmte alle der Reihe nach herzlich, man sah sogleich, welch ge-

genseitiges freundliches Verhältnis hier waltete. Auch die Eltern empfingen die Ankommende mit großer Herzlichkeit.

Das Fräulein gewahrte nun erst die abseits stehende Edith, reichte ihr sehr freundlich die Hand und sagte: »Das ist wohl meine neue kleine Schülerin, von der ihr mir schon erzählt und auf welche ihr euch so gefreut habt? –Nicht wahr, liebes Kind, wir wollen uns auch recht lieb haben und gute Freunde werden?« setzte sie mit Wärme hinzu. –Und denkt euch nur! Edith fühlte sich von der herzgewinnenden Weise der Gefürchteten so angezogen, daß sie beide Arme um ihren Hals schlang und flüsterte: »Ja, ich will Sie lieb haben und fleißig werden!«. Alle sahen sehr erstaunt und gerührt auf das blasse, sonst so schüchterne Kind, das mit solcher Herzlichkeit seinen Gefühlen Ausdruck geben konnte. Liebreich zog das Fräulein Edith an sich und küßte sie zärtlich. Sie hatte schon gehört, wie verzogen Edith war, und sie gelobte sich, mit Nachsicht und Geduld das zarte Pflänzchen zu leiten, das jetzt auch ihrer Liebe und Obhut anvertraut war.

Viel Geduld mußten alle mit der von Reichtum und blinder Elternliebe verwöhnten Edith haben. In allen Wissenschaften war sie weit hinter Hilda und Eva zurück. Wenn sie zerstreut und unaufmerksam in den Unterrichtsstunden war und daher getadelt und ermahnt werden mußte, verlangte sie unter bitteren Tränen, man solle sie nach Hause bringen zu ihren Eltern. Erst nach und nach gelang es der Güte und Energie des Onkels und den freundlichen Bemühungen der stets geduldigen, sanften Erzieherin, sie gefügiger zu machen und zur besseren Einsicht zu bekehren.

Nachdem die ersten schweren Monate dahingegangen waren, wurde sie allmählich ganz anders. Arbeit und Spiel fingen an, ihr Freude zu machen, und sie fühlte sich schon heimisch bei den gütigen Verwandten. Endlich war sie zu der Überzeugung gekommen, wie gut es hier alle meinten und daß alle nur ihr Bestes wollten. Onkel und Tante hatte sie zu lieben und verehren gelernt. Ebenso herzlich liebte sie die kleinen Kusinen, sie schmiegte sich innig an ihre Lehrerin und erkannte dankbar, wie viel Güte und Nachsicht alle mit ihr gehabt hatten.

Sehr erfreut war man über die glückliche Veränderung Ediths, deren blasse Bäckchen schon anfingen, rosig zu werden. Scherzend sagte der Onkel in seiner Freude: »Du fängst an, mit den Rosen um die Wette zu blühen, mein herziges Pflegetöchterchen!«

So ging für Edith der Sommer allzu schnell dahin, und die Zeit nahte, zu welcher der Onkel versprochen hatte, sie wieder nach Hause zu bringen. Obwohl sie sich darnach sehnte, die geliebten Eltern wiederzusehen, so dachte sie dennoch mit Schmerz an die Trennung von all denen, die ihr so lieb und teuer geworden waren.

Am Nachmittag eines schönen Septembertages tummelte sich die ganze kleine Gesellschaft gar lustig im Garten umher. Die Knaben, welche seit dem Fortgange des Hauslehrers in Pension gekommen waren, verlebten die Ferien daheim. Das Vergnügen der Kinder war heute sehr groß. Beim Mittagessen hatte der Vater ihnen gesagt, daß sie heute statt des Spazierganges im Garten nach Herzenslust herumspringen und tollen könnten. Die Kinder machten nun von dieser Erlaubnis den ausgiebigsten Gebrauch. »Zum Abend wird euch noch eine große Überraschung zuteil werden«, hatte der Vater noch schalkhaft lächelnd hinzugefügt. Was konnte das nur sein? Nicht wahr, meine lieben Leser, ihr seid auch neugierig darauf? Ebenso waren es auch unsere kleinen Freunde, aber dennoch zerbrachen sie sich nicht lange die Köpfe darüber. Zuletzt wetteiferten sie mit großer Geschicklichkeit in ihren Turnkünsten, und die kleinen Mädchen freuten sich, daß sie darin von den Brüdern nicht übertroffen wurden. Dabei hatten sie in ihrer übermütigen Lust nicht bemerkt, daß der Vater schon lange mit einem fremden Herrn am Fenster des Wohnzimmers stand, und beide ihrem munteren Treiben zusahen.

»Aber, lieber Bruder, findest du denn deine Tochter unter der wilden Schar noch immer nicht heraus?« so fragte der Doktor den neben ihm stehenden Herrn, der kein anderer als Ediths Vater war.

»Nein, lieber Karl, darunter kann ich mein armes, schwächliches Kind nicht entdecken. Du willst mich wohl nur foppen?«

»So laß uns hinausgehen, du Rabenvater, der nach einem halben Jahre seine eigene Tochter nicht mehr wiedererkennt. Komm, wir wollen sehen, ob diese ein ebenso schlechtes Gedächtnis hat wie ihr Vater.«

Kaum aber hatten die Kinder die Herren bemerkt, als das kleine Mädchen, welches oben auf dem Turngerüste seine Kunststücke zeigte, heruntersprang und mit dem freudigen Ausruf: »Mein lieber, guter Papa« jubelnd in die Arme des erstaunten, glücklichen Vaters eilte. Mit stürmischer Zärtlichkeit begrüßte sie nun den so lange Entbehrten, weinend und lachend vor Glück und Wonne. Auch der Vater war bis zu Tränen gerührt vor Freude. Das Glück war kaum zu fassen, daß dieses frische, blühende Kind seine kränkliche, müde Edith sein sollte! Er wußte dem Onkel nicht genug zu danken. »Lieber Herzensbruder, du Wunderdoktor, wie hast du solche Veränderung bewirkt?« rief er dem Bruder immer wieder dankend zu.

»Meine Kur ist eine sehr einfache gewesen«, entgegnete dieser lächelnd; »ich verlange nur von meinen Patienten, daß sie sich gehorsam meinen Anordnungen fügen. Nicht wahr, meine kleine Edith, der garstige Onkel konnte zuweilen recht böse werden, und hat dich mit dem schrecklichen Fräulein Berg oft so gequält, daß du fort und wieder nach Hause wolltest?« Weiter kam er aber nicht, Edith verschloß ihm den Mund mit Küssen.

»Du böser, bester Onkel, höre nur auf so zu sprechen. Ich weiß schon lange, wie gut ihr es alle mit mir meint, und wieviel Dank ich euch schuldig bin. Jetzt kenne ich auch gar keine Langeweile mehr, obwohl ich nicht vergessen habe, wie sehr mich diese einst geplagt hat.«

Nach einigen Tagen reiste der Vater mit seinem Töchterchen ab. Edith freute sich natürlich sehr auf das Wiedersehen mit ihrem lieben Mütterchen, doch der Abschied von allen guten Verwandten und von Fräulein Berg wurde ihr sehr schwer. Immer wieder umarmte sie alle zärtlich und konnte sich gar nicht von ihnen, trennen.

Wer aber konnte wohl die Seligkeit der glücklichen Mutter beschreiben, als diese nun nach so langer Trennung ihr schmerzlich vermißtes, jetzt so blühendes Kind in den Armen hielt. Ihr Mutterherz floß über in Dank gegen den, lieben Gott, der seinen Segen zu der Wunderkur des guten Onkels gegeben hatte.

Wie Edith einst ihre ganze Umgebung im Elternhause mit ihren bösen Launen gequält hatte, so erheiterte sie jetzt diese. Durch ihr munteres freundliches Wesen wurde sie zu Hause wie in der Schule bei jedermann beliebt, und ihre Mitschülerinnen suchten jetzt ihren Umgang ebenso, wie sie denselben früher gemieden hatten.

Mit inniger Liebe und Dankbarkeit hing sie stets an ihrem guten Onkel und dessen Familie, bei denen sie die Quelle des Frohsinns und der Zufriedenheit kennen gelernt.

Alle Jahre an dem Tage, an welchem Edith so glücklich verändert in ihr Vaterhaus zurückgekehrt war, gaben die dankbaren Eltern ein großes Fest, Onkel und Tante mit den Kindern, und dem verehrten Fräulein Berg durften als Hauptpersonen nie fehlen. Es ging dann jedesmal sehr hoch her, Braten, Kuchen und Näschereien gab es in Menge. Nicht wahr, meine Freunde, dabei hatten wir auch sein mögen, das hätte euch Leckermäulchen auch wohl schmecken sollen?

Der Onkel aber behielt sein Lebelang den Namen »Wunderdoktor«, und seine Kur wurde von allen Seiten »eine Wunderkur« genannt.

Der wilde Arno

Arno war der Sohn einer Predigerwitwe: sein Vater war schon gestorben, als er kaum sechs Jahre zählte.

Da seiner Erziehung nun dessen strenge, leitende Hand fehlte und die Mutter gegen ihren Liebling oft allzu nachsichtig war, daher kam es auch wohl, daß er zuweilen über die Stränge schlug und recht übermütig war.

Er war ein kluger, geweckter Junge mit freundlichen blauen Augen, und trotz seiner wilden Streiche hatte ihn jedermann sehr gern. Auch seine Schulkameraden waren ihm sehr zugetan. Wenn er einmal unter ihnen fehlte, so hieß es einstimmig: »Schade, daß der Arno heute nicht hier ist, nun ist es lange nicht so lustig.« Das verhielt sich auch wohl so, denn stets war er der Anstifter aller tollen Streiche, welche die ausgelassene Knabenschar vollführte.

Von seiner Tollheit und seinem Übermut wußte auch Nachbars Knecht Jürgen ein Wort zu erzählen. Es wohnte nämlich nebenan eine Familie, die sich von Milchverkauf und Viehzucht ernährte. Obwohl er sonst mit deren Knecht Jürgen auf gutem Fuße stand, so machte er sich dennoch ein Vergnügen daraus, ihn zu foppen und zu necken, wo er nur konnte.

Wenn er sah, daß Jürgen nebenan in die Kneipe ging, um ein Schnäpschen zum Frühstück zu trinken, so schlich er sich schnell wie der Wind in den Stall. Da setzte er den Kühen Papierdüten oder Büsche auf die Hörner, band sie mit Stroh an den Schwänzen zusammen, daß es aussah, als ob diese einen Tanz aufführten. Dann schrieb er mit großen Buchstaben an die Stalltür:

›O Jürgelein, wenn du gehst ein Schnäpschen trinken.
Dann sich gleich die Kühe einander froh zuwinken.
Siehst du, wie sie sich drehen und tanzen Galopp,
Munter im Kreise geht es immer: Hü, ho, hopp, hopp!‹

Wenn dann der Knecht zurückkam, beobachtete er ihn lachend durch den Zaun. Wütend rief Jürgen nun, sobald er die tanzenden Kühe erblickte: »Treffe ich einmal den Schlingel, der sich solch einen gottlosen Spaß gemacht hat, nicht heil soll der mir vom Hofe kommen!«

»Was schiltst du denn so, Jürgen, wer hat dich geärgert?« fragte dann, teilnehmend aus seinem Versteck hervortretend, der Übeltäter Arno.

Da nun Jürgen ahnungslos die Geschichte erzählte, sagte er tröstend: »Beruhige dich nur, Jürgen, ein andermal werde ich aufpassen, wenn du fortgehst, und ich verspreche dir, daß ich den Schlingel mit einer tüchtigen Tracht Schläge vom Hof jagen werde, der soll an mich denken, wenn ich ihn dabei ertappe.«

»Das wäre sehr gut von dir, Arnochen«, sagte wieder besänftigt Jürgen. »Sieh doch nur, was die Range hier an die Stalltür geschmiert hat!«

Arno las und lachte, daß er sich die Seiten hielt über den gelungenen Spaß.

Doch nicht immer blieben seine übermütigen Streiche ohne unangenehme Folgen für ihn. Eines Tages, als gerade Jahrmarkt im Städtchen war, wurde er von seinem Freunde, Ernst Werner, eingeladen, ihn zu besuchen.

»Komm nur,« bat dieser, »wir wollen uns einen sehr frohen Nachmittag machen und in unserem Garten ordentlich Äpfel und Birnen schütteln.«

Das ließ sich Arno nicht zweimal anbieten. Bei den reichen Werners wurde er stets sehr gut aufgenommen; in ihrem Garten gab es gar schönes Obst, und in die Bäume klettern, das war so recht nach seinem Sinn.

Sehr gerne nahm er daher die Einladung an, und da auch seine Mutter nichts dagegen einzuwenden hatte, so fand er sich schon bald nach Tisch bei seinem Freunde ein. Ernst war sehr erfreut über sein frühes Kommen, und sie tollten zuerst nach Herzenslust in dem schönen großen Garten herum. Nachher wanderten sie mit vollgepfropften Taschen Obst zu dem nahe gelegenen Eichwäldchen hinaus, dort trafen sie noch mehrere Schulkameraden, denen sie sich anschlossen. Sie amüsierten sich nun alle prächtig zusammen, bis die beiden Freunde sich erinnerten, daß es wohl Zeit zur Rückkehr sei, wenn sie sich noch den Jahrmarkt ansehen wollten.

Da gab es nun viel zu sehen, und beide waren einig darüber, heute einen herrlichen Nachmittag verlebt zu haben. Doch man muß den Tag nicht vor dem Abend loben! Diese Erfahrung sollte auch der übermütige Arno noch machen. »Sieh nur den dicken Töpfer dort,« sagte er zu Ernst, »wie ein Löwe steht er da vor seinen Töpfen und verfolgt jeden mit grimmigen Blicken, der in die Nähe seines Platzes kommt und nichts kauft.

Ich werde einmal im Galopp über den schmalen Steg quer über seinen Platz laufen. Da komme ich ja sehr gut hinüber, ohne auch nur das geringste entzwei zu machen, aber der behäbige Meister wird natürlich einen Schreck bekommen und ein Zetergeschrei erheben. Das wird ein Hauptspaß, sage ich dir!«

»Das tue nur lieber nicht,« warnte Ernst, »du könntest dabei doch Schaden anrichten, und dann schlüge der Mensch einen furchtbaren Lärm, und du müßtest alles bezahlen!«

»Ach was!« rief Arno, »ich sage dir ja, nichts, rein gar nichts mache ich entzwei.« Und im wilden Lauf jagte er davon und über den Platz des Töpfers. Glücklich kam er denn auch wirklich, begleitet von den Flüchen und Schelten des erzürnten Meisters, fast bis zu Ende hinüber. Da aber plötzlich glitt er auf einem großen glatten Scherben, den er in seiner übermütigen Lust nicht bemerkt hatte, aus, und fiel mitten in die Tassen, Teller und Töpfe hinein.

An beiden Händen blutend, wurde er von dem erzürnten Töpfer zu seiner Mutter geführt, und die arme Witwe mußte allen Schaden, den er angerichtet, ersetzen. Das ging Arno nun aber doch sehr zu Herzen, und er fühlte tiefe Reue über seinen Übermut.

»Weine nicht, liebe Mutter,« bat er, »ich werde dir nie wieder Kummer bereiten. Ich weiß ja, wie dir oft das Geld zu dem Nötigsten fehlt, und ich will mich bemühen, recht bald etwas zu verdienen, um dir das wiederzugeben, was du heute so unnütz für mich bezahlen mußtest.«

»Ich möchte wissen, womit du wohl etwas verdienen wolltest«, erwiderte die bekümmerte Mutter. »Wenn du dich nicht änderst, dann wird nie etwas aus dir werden.«

Arno liebte seine Mutter über alles, und er war so traurig, ihr solchen Kummer gemacht zu haben, daß er einige Tage, still und nachdenklich umherging.

Die Schulkameraden neckten ihn und sagten: »Dein Besuch bei dem Herrn Töpfermeister scheint dir sehr schlecht bekommen zu sein, du machst ja ein Gesicht wie die Katze, wenn es donnert. Eigentlich kannst du doch noch von Glück sagen, daß du mit einem blauen Auge davongekommen bist.«

Nach einigen Tagen aber war die fatale Geschichte wieder vergessen, auch Arno hatte seinen Mut wiedergewonnen und war so vergnügt und der Anführer beim Spiel, wie sonst. Leider aber war er nicht so flott beim Lernen, wie bei der Ausübung mutwilliger Streiche. Nur zu oft bekam er von seinen Lehrern Verweise und Strafe wegen seiner Unaufmerksamkeit, denn selten waren seine Gedanken auf das gerichtet, was der Lehrer erklärte, weil er stets allerlei Unsinn im Kopf hatte. –Da ich nun aber so schlecht gewesen, so mancherlei von Arnos dummen Streichen zu verraten, will ich es auch wieder gutmachen und von seinen guten Seiten erzählen. Arno war, wie schon erwähnt, ein mutiger und gefälliger Junge, der mit seinen Spaßen auch recht oft gute Werke vollbrachte, wie ihr, meine lieben Leser, aus folgendem sogleich hören werdet:

Eines Tages stand er vor dem Platze einer alten Obsthändlerin, um sich Pflaumen zu kaufen. Als die Alte ihm von seinem Zehnpfennigstück fünf Pfennig herausgeben wollte, rief sie plötzlich erschrocken aus: »Ick habe meine Geldtasche verloren«, und sie suchte und suchte, überall herum, konnte sie aber doch nicht finden. »Vielleicht hab ick se och bei mich zu Hause jelassen,« sagte sie, »aber jetzt kann ick hier doch nich fortjehen, unterdessen könnte mich doch das janze Obst jestohlen werden. Oh, Jotte doch, bis zum Abend muß ick nu noch diese Angst ausstehen.«

»Gehen Sie schnell nach Hause und sehen Sie nach«, sagte Arno. »Ich will hier so lange Wache halten, bis Sie wiederkommen und wohl aufpassen, daß Ihnen kein Schaden geschehen soll.«

»Ach, junger Herr, bis bei mich zu Hause, dat is enen weiten Weg, da würde Ihn denn doch die Zeit lang werden, und Se würden nich so lange aushalten, bis dat ick wiederkommen tu«, sagte die Obsthändlerin.

Aber Arno versprach so fest, ausharren zu wollen, wie lange es auch dauern möge, daß die Alte, die doch in großer Sorge ihres Geldes wegen war, sich bereden ließ, und mit dem Versprechen, sobald als möglich wieder da sein zu wollen, abging.

»Ich will ihr alles verkaufen,« dachte Arno, »damit sie eine ganze Handvoll Geld bekommt, wenn sie zurückkehrt.«

Mit lauter Stimme rief er jedem Vorbeikommenden zu: »Kauft Obst! Solche herrlichen Früchte habt ihr noch nie gegessen! Solche prachtvollen Birnen, Äpfel und Pflaumen wie die meinigen kriegt ihr nirgends!«

Lachend und sich darüber amüsierend, standen die Leute still, traten heran und kauften wirklich alle etwas. Ein neben seinem Platze stehender Obsthändler sagte ihm Bescheid und half gefällig beim Einmessen.

Arno war sehr emsig bei der Arbeit, und als er endlich aufblickte, bemerkte er einen ganzen Schwarm seiner Kameraden abseits stehen, die ihm zusahen und sich über ihn belustigten.

»Was steht ihr denn da und gafft?« rief er. »Kommt nur und kauft mir den Rest ab. Solche schöne Birnen und solche süße, reife Pflaumen bekommt ihr nicht alle Tage!«

»Seit wann bist du denn Obsthändler geworden?« Mit dieser Frage kamen sie nun alle lachend und jubelnd angelaufen und riefen: »Hoch lebe Arno, der neue Obsthändler!«

Und wenn jeder von ihnen auch nur für zehn Pfennige kaufte, so waren es doch ihrer viele, und die Körbe waren leer, als die Alte ganz außer Atem zurückkehrte.

Natürlich war sie sehr erfreut, daß Arno in ihrer Abwesenheit so gute Geschäfte gemacht und alles verkauft hatte, was ihr wohl kaum bis zum Abend gelungen wäre.

»Womit soll ick Ihn dat danken, liebes, freundliches, junges Herrchen?« sagte sie, als ihr Arno eine ganze Handvoll Geld übergab. »Ne, Jotte doch, wat sin Se doch für enen juten Jungen. Was wird Ihr Mutterchen noch vor 'ne Freude an Ihn erleben. Jott, wenn ick enen solchen Prachtjungen hätte! Kommen Se doch man recht oft und holen Se sich eine Düte Obst von mich.«

Das tat Arno aber nicht. Stets ging er in weitem Bogen auf seinem Schulwege über den Platz, weil ihn am anderen Tage die Hökerin herangerufen und ihm das schönste Obst geschenkt hatte. Er freute sich seiner guten Tat und wollte sich diese nicht bezahlen lassen.

Als er die Geschichte mit der Hökerin seiner Mutter erzählt hatte, sagte diese: »Nun, ich freue mich, daß du dir einmal einen guten Spaß gemacht hast, dergleichen Vergnügen will ich dir schon gerne erlauben.«

»Weißt du, Muttchen, was die Obsthändlerin noch gesagt hat?« fuhr Arno fort: »Ich werde dir noch viele Freude machen!«

»Das gebe Gott!« sagte die Frau Pastor. »Bis jetzt habe ich wenig Grund gehabt, das zu hoffen. Erst heute noch hat mir dein Klassenlehrer geklagt, wie zerstreut und wie unaufmerksam du in der Schule wärest, und es daher sehr fraglich sei, ob du versetzt werden könntest. Ich begreife nur gar nicht, woher du diesen Übermut und Leichtsinn hast; du müßtest doch endlich einsehen, wie nötig es in unseren knappen Verhältnissen ist, daß du recht bald durch die Klassen kommst.«

»Ich werde von jetzt an sehr fleißig werden, Muttchen«, tröstete Arno.

»Das hast du mir schon oft genug versprochen und doch nie Wort gehalten«, erwiderte betrübt die Mutter. »Ich habe mich immer so darauf gefreut, daß du einst, wie dein Vater, ein Pastor und der treue Seelsorger einer Gemeinde werden würdest, aber auf diesen Wunsch muß ich verzichten, das habe ich nun schon lange eingesehn.«

»Das glaube ich wohl auch, Mütterchen,« gab Arno kleinlaut zu, »denn zu einem Pastor passe ich doch am Ende nicht. Ich könnte mir gar nicht denken, wie es wohl möglich sein könnte, daß ich im Talar auf die Kanzel gehen sollte.« Und indem er sich in diese Würde hineindachte, mußte er so lachen, daß ihm die Tränen in die Augen traten.

»Ach, sei nicht böse, liebes, gutes Muttchen«, schmeichelte er, als er den ernsten Blick der Mutter auf sich gerichtet sah. »Ich werde dereinst ein tüchtiger Soldat werden, und wenn dann wieder Krieg wird, dann helfe ich den Feind ordentlich verhauen, und du wirst sehen, ich komme dann mit vielen Orden und vielleicht als Oberst wieder heim.«

»Das schlage dir nur ganz aus dem Sinn,« sagte die Mutter, »dazu sind wir viel zu arm. Woher sollte ich wohl die Zulage für dich nehmen? Ich will Gott danken, wenn du es dahin bringst, einst ein geachteter Kaufmann zu werden. Zum Studieren taugst du nicht, denn dazu wird dir stets die nötige Ruhe und Ausdauer fehlen. Vor allem aber strebe dahin, dereinst ein braver und rechtschaffener Mann zu werden, das bleibt doch stets die Hauptsache.«

Die fromme Frau Pastor hatte schon gar oft im Leben erfahren, wie wunderbar des Herrn Wege sind, und daß der nicht auf Sand gebaut hat, der auf ihn seine Hoffnung setzt. Und sie sollte auch wieder erleben, wie treu und sicher er die Seinen führt.

Eines Tages jagte die ganze Knabenschar, Arno als Anführer wieder voran, in dem zu der Stadt gehörigen Park umher. Sie trieben allerhand lustige Streiche und vergnügten sich nach Herzenslust.

Als sie eben noch einen hoch über den Bäumen fliegenden Drachen verfolgten, blieb Arno plötzlich stehen. »Horcht!« rief er, »war das nicht ein Schrei, der drüben vom Wasser kam?« Und so schnell wie er nur konnte, lief er der Stelle zu, von welcher ihm der Hilferuf zu kommen schien. Alle anderen folgten ihm, und sie kamen auch nur soeben noch an, um ein Kind verzweiflungsvoll mit dem Untergange ringen zu sehen. Arno besann sich nicht lange. Den Rock abwerfen und sich ins Wasser stürzen, war das Werk eines Augenblicks. Im Schwimmen war er allen an Gewandtheit voraus, und so schoß er auch jetzt pfeilschnell der Stelle zu, wo er schon den Kopf des Kindes untergehen sah. Angstvoll standen die anderen Knaben am Ufer, nirgends war eine Hilfe zu erspähen. Es war heute bei dem Winde keine Kleinigkeit, mit dem Wasser zu ringen, und sie zitterten und bangten um das Leben des Freundes. Da, endlich war es ihm gelungen, den Arm des Kindes zu erfassen, und mit größter Anstrengung suchte er nun mit ihm das Ufer zu erreichen, was ihm auch mit Aufbietung aller seiner Kräfte gelang. Als ihn aber die Freunde ans Land gezogen hatten, sank er ohnmächtig und besinnungslos zusammen. Viel zu schwer war die Arbeit für seine jungen Kräfte gewesen. Fast schien es, als sollte sein edles Rettungswerk vergebens sein, denn aus dem Körper des kleinen Mädchens, für das er so heldenmütig sein Leben gewagt hatte, schien jeder Lebensfunken gewichen zu sein, starr und steif lag sie im Grase.

Hilfesuchend spähten die Knaben umher, ob sie nirgends einen erfahrenen Beistand finden konnten. Leider aber war niemand zu bemerken, der Park schien völlig menschenleer zu sein. Endlich erblickten sie in einem Seitenwege einen einsam wandelnden Herrn, und so schnell sie nur konnten, liefen sie hin und baten ihn um seine Hilfe. Und welch glückliche Schicksalsfügung war es, daß dieser Herr gerade ein Arzt sein mußte, der nun sofort die richtigen Belebungsversuche bei beiden anstellte. Er sah sogleich, daß Arno nur erschöpft und ohnmächtig von der übergroßen Anstrengung war und daß er bald wieder zu sich kommen würde.

Hoffnungsloser stand es mit dem kleinen Mädchen, bei dem alle Bemühungen des Arztes erfolglos zu sein schienen. Schon zweifelte er daran, daß die arme Kleine je wieder erwachen werde, da rief einer der Knaben erfreut aus: »Sehen Sie, Herr Doktor, das Augenlid bewegt sich!« Der Arzt, welcher mit Reiben der Füße beschäftigt war, bemerkte nun auch dieses schwache Lebenszeichen. Nachdem er seine Versuche noch weiter fortgesetzt hatte, wurde ein leises Atmen hörbar.

»Wir müssen das Kind jetzt schnell nach Hause bringen, daß es ins Bett kommt und erwärmt wird«, sagte nun der Arzt. »Es ist das Töchterchen des Herrn von Sternau, der mit seiner Familie erst seit kurzem hierher gezogen ist und in der prächtigen Villa jenseits des Parkes wohnt.«

Die armen Eltern waren aufs tiefste erschrocken, als ihnen ihr einziges Kind, das sie schon seit einer Stunde mit größter Angst gesucht hatten, anscheinend fast tot ins Haus gebracht wurde. Ihre Verzweiflung war unbeschreiblich, als die Kleine noch lange so bewußtlos, nur ganz schwach atmend, in ihrem, mit seidenen Gardinen verhüllten Bettchen lag. Es sah aus, als würde sie nie mehr zu frischem, frohem Leben erwachen. Die unglücklichen Eltern flehten zu Gott, ihnen ihr einziges Kind, ihr Glück und ihre Freude, nicht zu nehmen.

Und der liebe Gott erhörte das Gebet der Eltern und ließ den Todesengel an dieser lieblichen Menschenknospe vorübergehen.

Nach einigen Stunden bangen, schmerzlichen Wartens schlug die Kleine müde die blauen Äuglein auf, aber nur, um sie gleich wieder zu einem festen gesunden Schlaf zu schließen.

Groß war das Glück der Eltern, als sie am Morgen mit hellem Blick und mit freundlichem Lächeln von ihrem Liebling begrüßt wurden.

In ihrer Bestürzung und Verzweiflung hatten sie gestern gar nicht daran gedacht, sich nach dem Retter ihres Kindes zu erkundigen. Das bedrückte sie nun sehr. Doch trösteten sie sich damit, daß der Arzt es wissen würde. Aber zu ihrer Betrübnis wußte auch dieser nur, daß es ein kleiner Knabe von etwa 12 Jahren gewesen, den er außer Lebensgefahr verlassen hatte, dessen Name ihm aber nicht bekannt geworden. Herr von Sternau ließ nun aber nicht nach, so lange zu suchen und zu forschen, bis er in Erfahrung gebracht hatte, wer der kleine mutige Mann war, dem er sich zu so großem Dank verpflichtet fühlte.

Nicht weniger erschrocken und unglücklich als die Eltern des kleinen Mädchens war Arnos Mutter gewesen, als sie, von einem der Knaben herbeigerufen, ihren Sohn bewußtlos und mit durchnäßten Kleidern auf der Erde liegend fand. Trotz ihres Schmerzes sorgte sie dennoch mit großer Geistesgegenwart für die richtige Hilfe. Schnell wurde er nach Hause und zu Bett gebracht, und dort erholte er sich auch bald wieder. In einigen Stunden war er wieder so munter, daß er seiner Mutter den Vorgang erzählen konnte. Und die arme Witwe, welcher der Tod schon alle ihre Lieben geraubt hatte, sagte dennoch: »Es ist recht von dir, mein Junge, daß du dich nicht erst lange bedacht, sondern mutig dein Leben für die Rettung des Kindes gewagt hast. Durch diese Tat hast du alle dummen Streiche, die du begangen, wieder gutgemacht. Ich hoffe, daß das kalte Wasser dein heißes Blut ein wenig abgekühlt haben wird, und daß du nun besonnener und ruhiger werden wirst. Gebe nur der liebe Gott, daß dein Werk nicht umsonst getan sei und daß es dem armen, kleinen Kinde ebensogut wie dir ergehen möge. Weißt du, wem die Kleine gehört und auf welche Weise sie verunglückt ist?«

Nein, das wußte Arno nicht, da er das Kind bisher noch nie gesehen hatte. Darüber konnten aber seine Freunde Auskunft geben, welche Arno am Abend besuchten. Sie hatten es von dem Arzt erfahren, welcher die Eltern des Kindes kannte.

Es war wohl eine Woche nach Arnos Rettungswerk verstrichen, als am Sonntag nachmittag ein unerwarteter Besuch die Frau Pastor überraschte. Als sie eben vom Kirchhof gekommen war, trat ein Herr und eine Dame mit einem allerliebsten kleinen Mädchen bei ihr ein.

»Wir kommen, um dem kleinen Helden, Ihrem lieben Söhnchen, unsern innigsten Dank zu bringen«, sagte Herr von Sternau, nachdem er sich und seine Gattin vorgestellt hatte. »Seinem Mut und seiner edlen Opferfähigkeit verdanken wir es nächst Gottes gnädigem Beistand, daß wir heute nicht am Grabe unseres einzigen Kindes stehen.«

Die Frau Pastor war aufs freudigste überrascht und tief gerührt beim Anblick des von ihrem Sohn geretteten hübschen Kindes.

Arno stand verlegen und tief beschämt da, als ihm Herr und Frau von Sternau nun in warmen Worten ihren Dank aussprachen. Ersterer schloß ihn in seine Arme und sagte herzlich: »Ich habe gehört, daß du, mein lieber, wackerer Junge, keinen sorgenden Vater mehr hast. Ich will fortan dein väterlicher Freund und treuer Beschützer sein, und wenn es mir deine gute Mutter gestattet, will ich helfen, dich zu einem tüchtigen Mann zu erziehen.« Auch die kleine Gertrud legte ihre weißen Ärmchen um seinen Hals und sagte: »Ich danke dir, daß du mich nicht hast im Wasser liegen lassen!« Das kam aber so possierlich heraus, daß alle lachen mußten.

Die Eltern erzählten nun auch, wie es kam, daß ihre kleine Gertrud ins Wasser gefallen war. Herr von Sternau und sein Bruder hatten am Tage vorher eine Kahnfahrt gemacht, die Kleine mitgenommen und ihr dabei Wasserrosen gepflückt. Das hatte dem kleinen Fräulein so gefallen, daß sie am anderen Tage allein in den am Ufer befestigten Kahn gestiegen war und versucht hatte, sich eine Wasserrose zu angeln. Der Kahn, der nur leicht befestigt gewesen, war losgegangen und sogleich von dem Winde bis in die Mitte des Wassers getrieben worden. Da es um die Mittagszeit und der Park daher menschenleer gewesen war, so hatte keiner weiter die Hilferufe gehört. Ohne Arnos Hilfe wäre das Kind dem Tode des Ertrinkens nicht entgangen.

Herr von Sternau sorgte nun auch wirklich wie ein Vater für Arno, sowohl für sein leibliches wie auch für sein geistiges Wohl. Obwohl seine Mutter oft bat, seiner Großmut Einhalt zu tun, so ließ er sich doch nicht zurückhalten, Arno in freigebigster Weise zu erfreuen. »Nie können wir ihm genug vergelten, was er für uns getan, immer werden wir in seiner Schuld bleiben«, antwortete er stets der Frau Pastor.

Bald hatte Herr von Sternau den munteren, netten Jungen sehr in sein Herz geschlossen, ebenso wie seine Gattin die stille, bescheidene Frau Pastor herzlich liebgewonnen hatte.

Arno war mit seiner Mutter oft in der Villa, und bei keiner Festlichkeit durften sie dort fehlen.

Da Herr von Sternau sehr reich war, so ließ er es sich nicht nehmen, der kleinen Witwenpension der Frau Pastor noch ein bestimmtes Jahrgeld zuzusetzen, so daß dieser die sie früher oft recht drückenden Existenzsorgen abgenommen waren.

Arno gab sich wohl redlich Mühe, sich der Güte seines Wohltäters wert zu machen, allein manchen mutwilligen Streich verübte er auch ferner noch. Da diese aber immer harmloser Natur blieben und er niemand damit schadete, so belustigte sich Herr von Sternau darüber und sagte, die erzürnte Frau Pastor beruhigend: »Lassen Sie nur, liebe Frau Pastor, die Jugend muß fröhlich sein und muß austoben. Solange ein wilder Junge keine böswilligen Streiche macht, kann ich ihn nicht verurteilen. Viele unserer großen Männer sind in ihrer Jugend wilde Burschen gewesen, und doch sind sie nachher so hervorragende Mitglieder der menschlichen Gesellschaft geworden. Auch unser Arno, so hoffe ich zuversichtlich, wird dereinst seinen Mann stehen und vielleicht auch noch zu Ruhm und Ehren gelangen. Er ist mutig und unverzagt, dabei offen und wahr, und das sind die besten Grundlagen zu großen Leistungen.«

»Vor allem aber möge Gott ihm Kraft geben, sich stets ein reines Herz und ein unbeflecktes Gewissen zu erhalten, denn ohne beides ist aller Ruhm und alle Weisheit wertlos«, entgegnete darauf die biedere Frau Pastor.

Nun, meine lieben Leser, wißt ihr für heute genug von dem wilden Arno, später werde ich euch noch mehr von ihm erzählen. Ich weiß noch eine ganze Anzahl von seinen lustigen Streichen, die ich noch alle zum besten geben werde. Mit der kleinen Gertrud hatte er sich schon gleich am ersten Tage ihrer Bekanntschaft sehr angefreundet. Da er sehr geschickt in Schnitzarbeiten war, so verfertigte er allerlei nette Spielsachen für seine kleine Freundin. Dagegen pflückte Gertrud manch schönes Erdbeersträußchen für ihren lieben Arno, und später beschenkte sie ihren Retter mit hübschen, kunstvollen Stickereien, als sie in solchen erst Unterricht hatte. Die Eltern freuten sich über die Freundschaft der beiden, und ich zweifle durchaus nicht daran, daß die holde Gertrud dereinst die glückliche Frau Arnos werden wird.

Bestrafte Schmähsucht oder Treue Freundschaft

In dem schönen, wohlgepflegten Garten der reizenden Villa des Herrn von Strahlen grünte und blühte alles zur herrlichen Frühlingszeit.

Freundlich hatte den ganzen Tag die Sonne geschienen, und eben mit ihrem letzten Schimmer die in vollster Blütenpracht stehenden Obstbäume vergoldend, drang sie auch noch grüßend in die Baumgruppe, in deren Schatten die Tochter des Hauses, die zwölfjährige Elfriede, saß.

Trotz des wunderbaren Zaubers in der Natur standen Tränen in den Augen dieses jungen Menschenkindes. Heut am ersten Pfingstfeiertage war sie so allein. Alle ihre Mitschülerinnen waren an verschiedenen Orten froh beisammen, nur sie hatte niemand aufgefordert. –Weshalb hatten sich alle so plötzlich von ihr gewandt? Das eben war es, was Elfriede sich nicht erklären konnte. Stets war sie zu allen freundlich gewesen und immer hatte die gute Mutter dafür gesorgt, daß ihre Freundinnen gut bei ihr aufgenommen wurden, wenn diese sie besucht hatten.

Dennoch hatten alle wie auf Verabredung eine abschlägige Antwort gegeben, als sie von der Mama zur Feier ihres Geburtstages eingeladen worden waren. Die eine hatte sagen lassen, sie habe selbst Besuch, eine andere war schon eingeladen, und in ähnlicher Weise war von allen eine Absage eingegangen.

Auch in der Schule wurde sie schon seit längerer Zeit von allen vollständig gemieden und übersehen.

Obgleich Elfriede sehr betrübt darüber war, so scheute sie sich doch, nach dem Grund dieser unfreundlichen Begegnung zu fragen, weil alle gar zu böse taten.

Als sie eben noch ganz trostlos darüber nachgrübelte, was sie wohl verschuldet haben könnte, kam ihr zehnjähriger Bruder Willi angelaufen und rief schon von weitem: »Die Mama läßt dir sagen, du sollst auf die Veranda kommen! Es ist Besuch da, eine Frau Major Helm mit ihrer Tochter. Was sitzt du denn da und machst ein Gesicht, als wäre dir die Petersilie verhagelt? Komm nur schnell! Ich habe dich schon überall gesucht; ich konnte mir doch nicht denken, daß du hier sitzt und Krokodilstränen weinst!«

Obgleich sich Elfriede über die naseweisen Bemerkungen des zwei Jahre jüngeren Bruders ärgerte, so klärte sich doch ihr Gesicht bei der angenehmen Nachricht auf, und sie beeilte sich, schnell die Tränenspuren verwischend, dem mütterlichen Befehl zu folgen.

Mit vor freudiger Erregung geröteten Wangen begrüßte sie nun den unerwarteten, ihr so willkommenen Besuch.

Wohlgefällig ruhten die Blicke der Frau Major auf dem lieblichen, frischen Gesichtchen, und Elfriede herzlich die Hand reichend, sprach sie: »Ich würde mich sehr freuen, wenn du dich meiner Meta annehmen und freundschaftlich mit ihr verkehren wolltest. Wir sind seit einigen Tagen hier in dem kleinen, nahegelegenen Badeörtchen und werden voraussichtlich den ganzen Sommer hierbleiben. Wir beide haben an den Folgen einer bösen Influenza zu leiden und wollen uns hier gründlich erholen und stärken. Meta hat leider durch die lange Krankheit viel in der Schule versäumt und soll nun hier Privatunterricht haben, um das Versäumte möglichst nachzuholen.«

Während nun die Eltern mit ihrem Gast heiter plaudernd auf der Veranda blieben, eilten die beiden Mädchen hinaus in den Garten, wo sie sich lachend und scherzend herumtummelten.

»Wie hübsch ist es doch, daß ich dich zu Hause getroffen habe!« sagte Meta. »Ich fürchtete eigentlich, daß du heute bei einer deiner Freundinnen sein könntest, und bat die Mama, unsern Besuch lieber bis nach den Feiertagen zu verschieben. Doch Muttchen meinte, ebensogut könntest auch du dir Besuch eingeladen haben, und ich lernte dann zugleich auch deine Freundinnen kennen. Wie kommt es, daß du heute so allein zu Hause bist?«

Elfriede errötete bei dieser Frage und erwiderte kleinlaut: »Meine Mitschülerinnen hatten für die Feiertage allerlei vor; einige wollten Partien machen, und die anderen hatten auch untereinander verschiedenes vor.«

»Und dazu haben sie dich nicht einmal aufgefordert?« fiel Meta ein. »Nein, wie unrecht finde ich das! So unfreundlich sind wir nicht zueinander; oder hattest du keine Lust, dich ihnen anzuschließen?«

»Ach ja, ich wäre gern dabei gewesen«, entgegnete Elfriede verschämt, aber ehrlich.

Als Meta bemerkte, daß sie Elfriede mit dieser Frage in Verlegenheit gebracht hatte, brach sie schnell davon ab und wußte sie mit einigen spaßigen Reiseerlebnissen so zu belustigen, daß sie bald wieder heiter und vergnügt wurde.

Die beiden jungen Mädchen gefielen einander sehr und hatten sich gleich so angefreundet, daß sie beim Abschied sich das Versprechen gaben, wenn es die Eltern erlaubten, sich täglich besuchen zu wollen.

Keiner war glücklicher als Elfriede, deren Herz sich nach einer Freundin gesehnt hatte. »Meta ist so lieb und gut,« sagte sie nachher zu ihrer Mutter, »und ich will alles tun, um mir ihre Freundschaft zu erhalten. Liebes Mamachen,« fuhr sie gang traurig fort, »kannst du es dir denn gar nicht denken, weshalb sich alle von mir zurückgezogen haben und keine in der Schule mich mehr leiden mag?« Und bitterlich weinend verbarg sie das Köpfchen an der treuen Mutterbrust.

Liebreich streichelte und tröstete die Mutter das weinende Töchterchen. »Armes Kind,« sagte sie, »wohl kann ich es dir nachfühlen, wie sehr du darunter leidest. Du hättest sogleich, als du bemerktest, wie sich deine Mitschülerinnen von dir zurückzogen, fragen müssen, was du verschuldet. Ein ehrliches Wort findet stets einen guten Ort. Als wir vor einem Jahre hierherzogen, kamen dir doch alle die kleinen Mädchen so herzlich entgegen. Gewiß hast du, ohne es zu wissen, ihnen etwas getan, und auf keinen Fall hättest du eine offene Frage unterlassen dürfen.«

»Ja, aber liebes Muttchen,« entgegnete Elfriede verzagt, »das war doch sehr schwer, da alle gleich so böse waren.«

»Da hättest du erst recht nicht schweigen sollen«, sagte darauf die Mutter. »Du siehst, wie weit man mit Scheu und Furcht kommt. Deine Mitschülerinnen können dich und deinen Umgang entbehren: du allein hast darunter zu leiden. Jetzt ist es nun schon weit schwerer für dich, aber dennoch mußt du es tun. Gehe nur zu Eva

Vogel, das ist ein so liebes, nettes Mädchen, die wird gewiß nicht abweisend sein, wenn du dich ihr freundlich näherst. Dadurch vergibst du dir in keiner Weise etwas, denn das merke dir: Demut ist der schönste Schmuck eines jeden weiblichen Wesens.«

Elfriede dachte viel über der Mutter Worte nach und nahm sich auch vor, danach zu handeln. Allein, als sie nach beendeten Pfingstferien wieder in die Schule kam, waren die Mitschülerinnen fast noch kälter und fremder als bisher. Da fehlte ihr nun vollends der Mut zur Annäherung, und es blieb daher wieder ganz beim alten, denn auch keine Vorstellungen der Mutter konnten sie zur Aussprache bewegen. Ihr Trost blieb ihre Meta Helm, mit welcher sie bald die innigste Freundschaft verband. Da auch die Eltern und Metas Mutter sich näher getreten waren, so kamen die beiden Mädchen fast täglich zusammen. Stets waren sie einig, und eine tat der andern zu Gefallen, was sie nur konnte.

Doch auch dieses Glück schien Elfriede getrübt werden zu wollen. –Eines Tages hörte sie Eva Vogel zu einer Freundin in der Schule sagen:»Gestern war ich mit den Eltern in Grafenort, und da haben wir so zufällig eine Frau Major Helm mit ihrer Tochter kennen gelernt. Da das Konzert dort sehr besucht war, so waren alle Tische besetzt, als sie kamen. Papa besorgte noch zwei Stühle und lud sie ein, an unserem Tisch Platz zu nehmen, was die Frau Major auch gern annahm. Beim Abschied versprach sie, heute bei uns ihren Besuch machen zu wollen. Nun werden die Eltern auch Helms übermorgen zu der Wasserpartie, von welcher ich dir schon erzählt habe, einladen. Nicht wahr, es ist nett, daß wir noch eine neue Freundin bekommen?«

Elfriede erschrak sehr; die Angst, Meta nun auch zu verlieren, peinigte und verwirrte sie so, daß sie nachher den Lehrern ganz verkehrte Antworten gab und daher von diesen streng getadelt wurde. Tief beschämt und hocherrötend saß sie da und wagte nicht aufzusehen, weil sie die spöttischen Blicke aller auf sich gerichtet fühlte.

Infolge der großen Gemütsbewegung bekam Elfriede so heftige Kopfschmerzen, daß sie noch vor Schluß der Schule nach Hause gehen mußte.

Die erschrockene Mutter brachte sie sogleich zu Bett, und da sie fieberte, wurde der Arzt gerufen. Dieser erklärte zur Beruhigung der Eltern, daß es eine kleine Nervenabspannung sei, die durch Ruhe wohl in einigen Tagen wieder gehoben sein würde.

Meta, welche an dem Tage mit ihrer Mutter wirklich bei Vogels gewesen war, konnte nicht mehr dazu kommen, auch Elfriede zu besuchen, daher wußte sie nichts von deren plötzlichen Erkrankung. Sicher hoffte sie, die Freundin bei der Gondelpartie zu treffen, und war sehr erschrocken, zu hören, daß Elfriede die Schule gestern krank verlassen habe.

»Oh, wie leid tut es mir, daß Elfriede nun hier fehlt, und daß ich sie heute nicht besuchen kann«, sagte Meta.

»Wenn sie auch gesund wäre, so würde sie doch nicht hier sein«, bemerkte Agathe von Rheden.

»Weshalb denn nicht?« fragte Meta sehr verwundert.

»Weil wir alle nicht mit ihr verkehren und keine von uns sie leiden mag«, erwiderte Agathe.

»Ich liebe aber Elfriede sehr und werde mich keiner anschließen, die ihr feindlich gesonnen ist«, sagte nun Meta entrüstet.

»Werde doch nicht gleich böse, ehe du noch weißt, weshalb wir uns alle von deiner geliebten Elfriede zurückgezogen haben«, entgegnete pikiert Agathe, die sich stets vor allen ein wenig wichtig hervortat.

»Wenn ihr alle nichts dagegen habt,« so wandte sie sich an die andern, »dann will ich es sogleich erklären.«

Da alle ihre Zustimmung gaben, begann sie: »Als Strahlens vor einem Jahre hierherkamen, fanden wir Elfriede auch alle reizend, und wir waren bald sehr befreundet mit ihr. Sie fehlte nie in unserem Kreise, bis wir dahinterkamen, welches Teufelchen in ihr verborgen ist. Wir waren einmal alle bei Eva Vogel eingeladen, wo wir sehr vergnügt und bis spät abends zusammen waren. Als viele unter uns schon um 9 Uhr abgeholt wurden, blieben Grete Albrecht, Elfriede und ich noch eine halbe Stunde beisammen. Aber kaum hatten sich die letzten entfernt, als Elfriede in der boshaftesten Weise über sie herfiel:

›Habt ihr wohl bemerkt, wie unordentlich die Toni angezogen war? Es ist doch nicht recht, sich nicht einmal ordentlich anzuziehen, wenn man ausgebeten wird. Nein, und wie ungeschickt ist doch die Klara, nicht einmal gewann sie beim Krocket, und wie unmanierlich ißt sie, das würde meine Mama nie dulden. Zum Totlachen fand ich die Alma, die schneidet ja fortwährend Gesichter.‹ Dabei versuchte sie, ihr aufs komischste nachzuäffen. In dieser Weise ging es so weiter, bis sie alle nach der Reihe gründlich vorgenommen hatte. Sie war so eifrig dabei, daß sie nicht einmal merkte, daß wir uns alle verwundert ansahen und kein Wort dazu sagten.

Bald danach hatte sie es bei uns ebenso gemacht, und dann hörten wir von anderen, daß wir auch nicht von ihr verschont geblieben waren. Wir beschlossen nun gemeinschaftlich, uns ganz von ihr zurückzuziehen, bevor sie noch mehrere unserer Fehler kennen lernte. Findest du jetzt unser Verhalten gegen eine solche Freundin noch ungerecht und unfreundlich?«

»Gewiß war das von Elfriede sehr tadelnswert und häßlich, aber ihr hättet sie offen zur Rede stellen müssen; sie weiß sicher nicht, warum ihr böse auf sie seid. Ganz gewiß hätte sie ihr Unrecht eingesehen und sich alle Mühe gegeben, diesen Fehler abzulegen.«

»Das sagte ich auch,« fiel Eva Vogel ein, »aber da kam ich schön an. Ihr alle waret zu beleidigt, daß Elfriede Schattenseiten an euch entdeckt und euch nicht alle reizend gefunden hatte. Jetzt tut sie mir wirklich schrecklich leid, wenn sie so traurig und verlasen in der Schule sitzt. Wäre sie nur zu mir gekommen und hätte mich gefragt, dann würde ich ihr alles ehrlich gesagt haben.«

»Das hat sie aber doch nicht getan und eben durch ihr Schweigen bewiesen, daß ihr an uns und unserer Freundschaft nichts liegt«, entgegnete ihre Kusine Hedwig.

»Du warst ja am meisten böse auf sie, und gerade bei dir wäre sie schön angekommen, wenn sie es gewagt hätte, dich zu fragen«, sagte Eva Vogel.

Meta suchte die Freundin, soviel sie konnte, zu entschuldigen und bemerkte, daß sie Elfriede morgen besuchen und sie über dies alles aufklären wolle. »Und ihr werdet euch doch auch versöhnen lassen,« bat sie, »wenn sie ihr Unrecht einsieht und euch um Verzeihung bittet.«

»So schnell ist das nicht wieder gutzumachen, dazu hat sie es denn doch zu arg gemacht«, riefen einige.

»Denkt darüber, wie ihr wollt,« erwiderte Meta, »ich werde stets als treue Freundin zu ihr stehen, und will nichts von denen wissen, die eine reuig Bittende zurückweisen können.«

Während Meta der kranken Elfriede so tapfer das Wort redete, saß diese blaß und angegriffen am Fenster ihres Stübchens. Sie mußte immer wieder an den letzten Schultag vor ihrer Erkrankung denken und sah daher so traurig aus, daß dies die Besorgnis der Eltern erregte.

»Ich werde sogleich zu der Frau Major gehen«, sagte der Vater, »und sie bitten, ihr verständiges Töchterchen herzuschicken. Das, denke ich, wird dem armen Kinde die beste Zerstreuung sein.«

Willi hatte in der Stadt von seinem Freunde Otto Vogel von dem gestrigen Vergnügen gehört und war nach Beendigung der Schule sogleich zu seiner Mutter geeilt, um dieser in aller Ausführlichkeit diese Neuigkeit mitzuteilen. »Denke nur, Mama,« sagte er, »in bekränzten Gondeln sind sie nach der Altburg gefahren. Und große Körbe mit belegten Butterbroten, Flammeri und kalten Speisen haben sie mitgenommen. Auch Torte und Maibowle gab es. Und beide Mädchen hatten sie zur Bedienung mitfahren lassen«, so fuhr er begeistert in seiner Erzählung fort. »Mir hat der schlechte Otto nicht einmal ein Stückchen Kuchen abgegeben«, setzte er ärgerlich hinzu. »Nicht wahr, liebes Mamachen, wenn die Elfe wieder gesund ist, dann machen wir auch solche Partie, und dann machst du es noch weit schöner, und der Otto muß zu Hause bleiben und bekommt auch nichts davon ab.«

»Wenn ich dir diesen Wunsch nun erfüllte, warum soll denn aber der Otto nicht mit?« erwiderte die Mutter. »Man muß im Leben nicht immer gleich Vergeltung üben wollen. Ottos Mutter hat es vielleicht nicht gewünscht, solch einen wilden Jungen dabei zu haben. Wenn ich nun aber den Otto mitnehmen wollte, so würdest du doch sicher das doppelte Vergnügen haben, dich mit deinem besten Freunde belustigen zu können.«

Willi hatte, wie seine ältere Schwester, ein gutes Herz neben seinen vielen Fehlern, denn als einziges Söhnchen war er ein wenig verzogen und naseweis.

»Ja, du liebes Muttchen,« sagte er, vor Freude in die Hände klatschend, »du hast immer recht, ich will auch sogleich gehen und es dem Otto erzählen, daß er mit soll.« Und die Mutter stürmisch umarmend, lief er davon und hörte kaum noch, wie ihm diese verbot, mit seinen Erzählungen die kranke Schwester aufzuregen.

Zu derselben Zeit, als Willi bei der Mutter seine Neuigkeiten anbrachte, war die Köchin Mine bei Elfriede gewesen, um sich teilnehmend nach ihrem Befinden zu erkundigen. »Ach, liebes Elfriedchen,« begann sie sogleich, »wie schade, daß du auch gerade jetzt krank sein mußt. Denke doch, eben hat mir Vogels Mädchen erzählt, welch eine großartige Gondelpartie sie gestern mit der Herrschaft gemacht habe. Evas Schulfreundinnen waren fast alle dabei, auch die hübsche Meta, welche mit ihrer Mutter so oft zu uns kommt. Mach nur, daß du wieder gesund wirst, Herzchen, dann macht dir die Mama gern ein solches Vergnügen. Na, und ich will kochen und backen dazu, daß es eine Lust sein soll, bei uns muß es noch viel schöner werden als bei Doktor Vogels.«

»Wie sollte es bei uns wohl viel schöner werden?« so dachte Elfriede, als Mine sie verlassen hatte. »Es wird ja doch niemand mitkommen, wenn die Mama auch wieder alle einladet. Ich werde nun gewiß auch meine gute, liebe Meta verlieren«, schluchzte sie. Und in ihrer Traurigkeit hatte sie es ganz überhört, daß schon zweimal leise an ihre Tür geklopft wurde, und wer beschreibt ihre Freude, als Meta, ihre Meta, eintrat.

Glückselig eilte sie ihr entgegen und umarmte die treue Freundin so stürmisch, als wollte sie diese fürs Leben festhalten.

Da nun Elfriede der Freundin sogleich ihr Herz ausschüttete, so glaubte diese sie am besten zu trösten und zu beruhigen, wenn sie ihr alles sagte, was sie gestern gehört. Um nun zugleich ihre Hoffnung zu beleben, versicherte Meta, daß alles wieder gut werden würde, wenn sie sich dazu entschließen könnte, die Mitschülerinnen um Verzeihung zu bitten; natürlich müßte sie ihren häßlichen Fehler ganz ablegen.

Elfriede sah unter Tränen ihr Unrecht ein und war gern dazu bereit. Sie war Meta für ihre Offenheit und für ihre treue Freundschaft sehr dankbar und versprach, sobald sie wieder gesund sei, so lange bitten zu wollen, bis ihr alle vergeben hätten und sich wieder ganz versöhnen ließen.

»Ich habe mir damals nichts Böses dabei gedacht,« sagte sie, »aber nun ich es heute von dir gehört, weiß ich gar nicht, wie ich so schlecht habe sein können.«

Nachdem Meta sich wieder entfernt hatte, ging Elfriede sogleich zu ihrer Mutter und beichtete, sich selbst anklagend, alles.

»Glaubst du wohl, liebe Mama, daß mich alle wieder liebhaben und mir vertrauen können?« fragte sie die Mutter.

»Gewiß, mein Kind,« antwortete die Mutter, »wenn du aufrichtig bereust und so etwas nie wieder tust. Wir sollen stets unsere Mitmenschen entschuldigen, aber nicht ihre Schwächen hervorsuchen, um uns darüber lustig zu machen. Man muß immer überlegen, was man spricht, ob es wahr und recht ist.

Zu verdenken ist es den kleinen Mädchen nicht, daß sie sich ganz von dir zurückzogen.«

»Nein, gewiß nicht, liebe Mama,« sagte Elfriede, »ich habe es nicht anders verdient, es war zu schlecht von mir.«

Da Elfriede sich bald wieder so wohl fühlte, um ihre Versöhnungsbesuche machen zu können, so hatte auch die Mutter nichts dagegen. Zuerst ging sie nun zu Eva Vogel, weil sie wußte, daß diese ein gutes, sanftes Kind war. Diese kam ihr denn auch sehr herzlich entgegen und war sogleich zur Versöhnung bereit. »Ich habe dich immer liebgehabt,« sagt« sie, »und es ist mir sehr schwer geworden, dir so fremd gegenüberzutreten.« Alle anderen, auch Elfriedes erbittertste Feindin Hedwig, über die sie wohl das Schlechteste gesagt haben mag, nahmen sie freundlich auf. Alle waren gerührt, als sie demütig wie ein armer Sünder bei ihnen eintrat, und verziehen ihr alles.

Wer war seliger als Elfriede, als sie mit dem wonnigen Gefühl, daß jetzt alles wieder gut sei, heimkehrte.

»Da müssen wir wohl eine Art Versöhnungsfest geben und alle deine Freundinnen dazu einladen«, hatte der Vater lachend bei Tisch gesagt.

»Ja, Papa, eine Gondelpartie wie Vogels«, rief Willi.

»Aber Junge, wir brauchen doch nicht anderen wie die Affen alles nachzumachen,« sagte belustigt der Vater, »weshalb soll es denn gerade eine Gondelpartie werden?«

»Weil es mit den bekränzten Gondeln so schön war«, entgegnete Willi.

»Nun, wenn es dir darum zu tun ist, so wollen wir mit bekränzten Wagen nach dem Eichwald fahren und meinetwegen Waschkörbe voll Flammeris und Kuchen mitnehmen«, erwiderte der Vater. »Bist du nun zufrieden?«

»Ja, aber jetzt fehlt noch die Musik und die Maibowle«, beharrte Willi.

»Gut, du sollst Erdbeerbowle haben, und ich will ein ganzes Musikchor bestellen, das dir so viel vorblasen soll, bis du befriedigt bist.«

»Jetzt ist alles richtig,« jubelte Willi, »dafür kannst du dich bei mir bedanken«, mit diesen Worten wandte er sich an die Schwester, »ich hatte auch schon die Mama darum gebeten, als du dich krank geärgert hattest.«

Bei Strahlens ging es nun in diesen Tagen sehr geschäftig zu. Es wurde gebacken, gekocht und alle möglichen Vorbereitungen zu dem Fest getroffen; Elfriede strahlte vor Freude und Glück, alle Schulfreundinnen waren eingeladen, und keine hatte abgesagt. Willi fand es in diesen Tagen am schönsten in der Küche, wie Mine ihrem Liebling Proben von den wohlgeratenen Speisen und Kuchen zusteckte. »Willichen, iß dich aber nur ja nicht krank«, sagte sie, und dabei gab sie ihm immer wieder neue Leckerbissen.

Als endlich der große Tag da war, fuhr eine zahlreiche heitere Gesellschaft in großen, bekränzten Wagen mit Musik dem Eichenwäldchen zu. Das Vergnügen war über alle Beschreibung schön. Papa Strahlen hatte mit viel Geschmack und Umsicht für allerlei

Abwechslung gesorgt. Es wurde ein gar herrliches Fest, und die Freude und der Jubel der Kinder war sehr groß.

Dazu waren auch die Speisen der Mama Strahlen ebenso ausgezeichnet wie die Erdbeerbowle des Papas. Nachdem die Gäste auf das Wohl der freundlichen Gastgeber getrunken, stießen alle nun wieder ganz versöhnten Schulfreundinnen mit Elfriede auf treue fortdauernde Freundschaft an.

Erst am späten Abend kehrte die frohe Gesellschaft mit Musik wieder heim, und alle versicherten beim Abschied, sich prächtig amüsiert zu haben.

Elfriede hat Wort gehalten und den schrecklichen Fehler, über anderer Fehler zu schmähen, ganz abgelegt. Nie hat sie vergessen, was sie selbst dadurch gelitten, und daß sie ganz gegen Gottes Gebot gehandelt hatte. Wir sollen unsern Nächsten entschuldigen und Gutes von ihm reden. Wir sollen immer bedenken, daß wir alle Fehler haben, mit denen unsere Mitmenschen auch Geduld haben müssen.

Meta und Elfriede hatten sich so einander angeschlossen, daß sie mit Schmerz an die Trennungsstunde dachten. Zur größten Freude der beiden kleinen Mädchen hatte Metas Mutter die herzliche Einladung von Elfriedes Eltern angenommen und versprochen, im nächsten Jahre ihr Gast sein zu wollen. Auch hatten diese die Bitte der Frau Major gewährt und erlaubt, daß ihr Töchterchen die Herbstferien bei ihrer Meta in der großen Garnisonstadt verleben könne.

Beide blieben treue Freundinnen, und nie trat ein Mißton in diese Freundschaft. Nie nahmen sie sich in kleinlicher Empfindlichkeit etwas übel, immer waren sie wahr und offen zueinander. Freundlich machten sie sich gegenseitig auf einen Fehler oder auf ein Versehen aufmerksam und besserten und veredelten sich so gegenseitig.

Frühlingslust

»Sei uns willkommen, du herrlicher Frühling! Ja, tausendmal herzlich willkommen!« jubelten Albert und Lotte, die Kinder eines Gutsbesitzers, welche beide heute mit dem Graben ihres Beetes beginnen wollten.

»Mein Beet soll in diesem Jahre so schön werden, daß mich kein Kunstgärtner übertreffen wird«, sagte der zwölfjährige Albert zu seiner ein Jahr älteren Schwester Lotte.

»Ja,« stimmte Lotte bei, »auch ich habe mir schon etwas Schönes für mein Beet ausgedacht. Ich mache in der Mitte ein großes Herz mit Sternblümchen, Tausendschön und Vergißmeinnicht, und rundherum pflanze ich Veilchen. Von beiden Seiten kommt dann ein Füllhorn mit allerlei verschiedenen Blumen, und um diese mache ich eine Einfassung von Feldsteinchen. Das kann doch sehr hübsch werden, nicht wahr?«

»O gewiß,« entgegnete Albert, »aber ich habe für das meinige ganz andere Ideen. Ich lasse mir von Papa eine schöne, große Halzvase schenken, die fülle ich mit Erde und pflanze ein Schlinggewächs hinein. In der Mitte meines Beetes mache ich eine Erhöhung, darauf grabe ich die Vase fest ein und teile dann diese Erhöhung in verschiedene Felder ein; auf jedes der kleinen Felder pflanze und säe ich nun bunt durcheinander allerlei Blumen, so daß das Ganze wie ein bunter Stern aussieht. Was mir dann noch übrigbleibt, teile ich in kleine Figuren, darauf kommen Rosen, Lilien und andere Blumen.«

»Das, denke ich, wird reizend werden«, erwiderte Lotte. »Es gefällt mir, daß wir beide so verschiedene Pläne haben, so daß nicht ein Beet dem andern ähnlich sehen wird. Ich freue mich schon sehr auf die Zeit, wenn alles in schönster Blüte stehen wird. Wie schön ist es doch im Sommer auf dem Lande. Grete und Walli haben es in der Stadt lange nicht so gut wie wir«, setzte sie sehr vergnügt hinzu.

»Ach, was denkst du nur so«, entgegnete Albert. »Uns gefällt es natürlich auf dem Lande am besten, weil wir immer hier gelebt haben, Grete und Walli haben es in der Stadt ebenso gut wie wir, die wandern nach schönen Gärten und Spielplätzen und amüsieren sich da mit ihren Freundinnen sicherlich sehr gut.«

»Albert! Lotte!« unterbrach der Ruf der Mutter die Unterhaltung der Kinder, und sie eilten hinein, um sich mit gesundem Appetit an den Mittagstisch zu setzen. Dabei erzählten sie nun den Eltern, was sie mit ihren Beeten für Absichten hätten, und baten die Mutter zugleich um Blumensamen und Pflanzen, was diese auch versprach. »Erhitzt euch aber dabei nicht zu sehr,« ermahnte die Mutter, »und trinkt kein Wasser, wenn ihr erhitzt seid.« Die Kinder versprachen Gehorsam und plauderten lustig weiter. Der Vater, welcher sich am Vormittag über das Gedeihen der Saaten gefreut hatte, war sehr guter Laune und schenkte den beiden auch noch große Glaskugeln zur Verschönerung ihrer Beete. Darüber waren diese denn nun hochbeglückt und machten sich täglich in ihren Feierstunden fleißig ans Werk. Mit vielem Geschick führten sie ihre Pläne aus, und da sie die Pflanzen fleißig begossen und die Beete von Unkraut freihielten, so grünte und blühte auch bald alles, daß es eine Lust war. Die Geschwister waren sehr glücklich darüber und malten sich schon das Erstaunen von ihren Kusinen Grete und Walli aus, welche zu den nahe bevorstehenden großen Ferien erwartet wurden. Doch diese Freude sollte ihnen noch getrübt werden, weil Albert die Warnung der Mutter, das Trinken zu unterlassen, nicht beherzigt hatte. Als er eines Tages mit Lotte Ball spielte und dabei sehr heiß geworden war, lief er mit einem Glas zu dem nahen Quell. »Albert,« rief Lotte ängstlich, »trinke jetzt ja nicht, du weißt doch, daß die Mama uns gesagt hat, wie krank man davon werden kann.« Aber Albert widerstand dem Verlangen nicht. »Mich dürstet doch gar zu sehr, und ich will auch nur ein paar Tropfen trinken,« sagte er, »du brauchst es aber der Mama nicht gleich zu klatschen«, setzte er hinzu. Darauf drehte er sich herum, damit die Schwester nicht sehen sollte, wie er beinahe das ganze Glas in einem Zuge leerte. – Aber, o weh, die Strafe des Ungehorsams folgte sogleich. Gar bald fühlte er heftige Magenschmerzen, und er hätte am liebsten kein Abendbrot gegessen, wenn er nicht Lottes Verrat gefürchtet hätte. Doch sein bleiches Aussehen fiel den Eltern sogleich auf; bald nach dem Essen wurde er zu Bett geschickt, über Nacht wurde er so krank, daß am frühen Morgen der Arzt gerufen werden mußte. Albert hatte sich einen schlimmen Magenkatarrh zugezogen und mußte bei dem herrlichen Frühlingswetter zwei volle Wochen im Bett zubringen. Das war nun eine harte Strafe für seine Unfolgsamkeit.

Als er endlich wieder aufstehen durfte, war er so schwach, daß er kaum auf den Füßen stehen konnte.

»Wie wird mein schönes Beet wohl aussehen,« hatte er oft gedacht, »es wird ganz von Unkraut überwuchert sein. Lotte hat genug mit dem ihrigen zu tun und hat auch keine Zeit, sich auch noch um das meinige zu bekümmern.« Wie groß war nun seine Überraschung und Freude, als er zum erstenmal wieder in den Garten gehen konnte und sein liebes Beet in schönster Blüte fand. Die gute Schwester hatte es wie das ihrige gepflegt und sich sehr auf des Bruders Überraschung gefreut. Er war nun auch sehr beglückt und dankte der fleißigen Lotte herzlich dafür.

+++

Endlich traf auch die Nachricht ein, daß die Feriengäste, der Onkel und die Tante aus der Residenz mit ihren kleinen Töchtern Grete und Walli am Sonnabend eintreffen würden. Die Verwandten hatten ihre Reise aufschieben müssen, weil es der wilden Walli ähnlich wie ihrem lieben Cousin ergangen war. Im botanischen Garten war sie, trotz des ausdrücklichen Verbots, ihrem Fräulein davongelaufen, während dieses ihrer Schwester Grete französische Vokabeln überhörte. Die kleine Unart war nach dem nahegelegenen Teiche gewandert, hatte da Steinchen hineingeworfen und sich über das Aufspritzen des Wassers belustigt. Sie hatte aber dabei weder beachtet, daß sie damit ihr helles Sommerkleidchen verdarb, noch daß sie sich nasse Füße holte. Und die Folge davon war, daß sie ernstlich krank wurde und die schöne Ferienreise, auf welche sich beide Kinder schon lange vorher sehr gefreut hatten, dadurch verschoben werden mußte.

Als der Vater Grete bitterlich darüber weinen sah, sagte er: »Es wird dir im Leben noch oft etwas zwischen deine Wünsche treten, und es ist ganz gut für dich, wenn du schon in der Kindheit lernst, dich in das Unabänderliche zu fügen und es mit Geduld zu tragen.« Die beiden Schwestern waren denn auch sehr glücklich, als Walli wieder gesund war und die Eltern sich entschlossen, noch zu reisen. Obwohl die halben Ferien schon vergangen waren, so war es doch immer sehr angenehm, nicht ganz auf dieses Vergnügen verzichten zu müssen. Die Freude der Kinder war denn auch sehr groß, als sie am Sonnabend nachmittag bei den Verwandten auf dem schönen

Gut anlangten. Gar lustig sprangen sie im Freien umher und naschten von den reifen Beeren und Kirschen immer um die Wette. Täglich sah man sie auch unter den Bäumen, wo sie die Frühbirnen aufsammelten und mit Behagen verzehrten. Ein Hauptvergnügen bildete die Schaukel, welche im Park an dicken Baumstämmen angebracht war. Selbst auf dem Wirtschaftshofe liefen sie umher; die vielen stattlichen Pferde, die jungen Fohlen, die kleinen Kälbchen und die weißen Lämmchen gefielen ihnen sehr. Ebenso machte es ihnen großen Spaß, zuzusehen, wie die niedlichen gelben Hühnchen und die kleinen Enten im Freien ihr Futter hingestreut bekamen. Auch die hochaufgetürmten Wagen mit Getreide, das täglich eingefahren wurde, erregten ihr größtes Interesse. Wenn sie bei ihren Spaziergängen solchen Wagen begegneten und es ihnen dann erlaubt wurde, oben hinaufzuklettern und so nach Hause zu fahren, war der Jubel endlos.

»Es ist doch gar zu hübsch hier«, sagten Grete und Walli zu ihren Eltern. »Wie schade, daß wir nicht schon oft die Ferien bei dem Onkel und bei der Tante verlebt haben. Lotte und Albert sind so nett und tun uns, was sie nur können, zu Gefallen, und alle Tage wissen sie wieder etwas Neues, womit sie uns erfreuen.«

Als die muntere Schar eines Nachmittags singend unter den schattigen Bäumen vor der Tür saß, wurde Lotte von der Mutter hereingerufen. Bald erschien sie aber wieder mit einem Körbchen am Arm. »Wartet nicht auf mich«, rief sie den anderen zu, »geht nur nach der Schaukel, in einer halben Stunde werde ich wohl wieder bei euch sein.«

Damit wollte sie sich schnell entfernen, aber Grete hängte sich an ihren Arm und bat: »Nimm mich mit und sage mir, wohin du gehst.«

»Zu einer Arbeiterfamilie schickt mich die Mama, weil sie weiß, wie gern ich das tue und welche Freude sie mir damit macht. Ich habe hier in dem Körbchen Arzneien und Erfrischungen für deren alte, kranke Großmutter. Da kannst du nun gleich sehen, wie solche Arbeiterfamilien bei uns wohnen, dir wird es wohl sehr armselig vorkommen, weil du die Wohnungen solcher Leute gar nicht kennst.«

Das Häuschen, in welchem die Familie wohnte, lag am Ende des Dorfes, die beiden kleinen Mädchen hatten daher ein ziemlich weites Stück zu gehen. Als sie es erreicht hatten, traten sie durch die niedrige Haustür in das zwar sehr bescheidene, aber saubere Stübchen. Grete sah mit großen Augen umher und bewunderte Lotte, die so verständig und tröstend zu der kranken Frau sprach und so heiter mit den kleinen Kindern zu schäkern verstand.

»Unser Fräulein Lottchen ist ein Engel«, sagte die alte Großmutter zu Grete. »Solche liebe, gute Herrschaft, wie wir haben, soll man noch suchen.« Beim Rückwege erkundigte sich Grete noch viel bei Lotte nach den Verhältnissen der Dorfbewohner, und Lotte wußte ihr so vieles zu erzählen, daß ihr der weite Weg nur sehr kurz vorkam.

»Wenn die Ferien vorbei sind, dann habt ihr doch wohl auch den ganzen Vormittag Schule; hast du denn da Zeit zu solchen Besuchen?« hatte Gretchen die Lotte unterwegs gefragt.

»Gewiß haben wir vormittags Schule bei unserem Kandidaten und nachmittags Schularbeiten zu machen, aber da bleiben noch Freistunden genug. Die Mama hat mich, als ich noch ganz klein war, schon mitgenommen, wenn sie nach den Arbeiterfamilien sah. Sie sagt, daß man es nicht früh genug lernen könne, sich um das Wohl der Mitmenschen zu kümmern und ihnen zu helfen.«

Grete meinte, nachdem sie eine Weile nachdenklich geschwiegen hatte: »Ich glaube, ihr seid auf dem Lande viel besser und frommer als die Leute in der Stadt. Meine Mama gibt auch ihre Beiträge den Unterstützungsvereinen, aber sie hat stets so viel vor, daß ihr zu anderen Mildtätigkeiten nur wenig Zeit bleibt. Ich habe mich bisher nie darum gekümmert, aber ich sehe ein, daß du recht hast, und ich will von meinen Ersparnissen so viel helfen, wie ich nur kann, wenn ich von Notleidenden höre. Von dir, du gute, verständige Lotte, habe ich schon viel gelernt, ich wünschte nur, dich immer um mich haben zu können.«

Albert und Walli waren unterdessen im Garten bei ihren Beeten beschäftigt. Obwohl auch diese von dem nächtlichen Regen sehr erfrischt und viele Blumen aufgeblüht waren, daß es eine Pracht war, so wucherte doch auch das Unkraut wieder daneben. Das zu entfernen, waren die beiden so emsig, daß sie Grete und Lotti nicht eher bemerkten, bis diese sie anredeten.

Gewiß werden es mir Lotte und Albert sehr übelnehmen, wenn sie es lesen, daß ich erst jetzt von der Bewunderung erzähle, welche ihre kunstvoll angelegten Beete bei Grete und Walli fanden.

»Wie reizend habt ihr das gemacht«, hatten beide ausgerufen, als sie gleich am ersten Tage von den Geschwistern zu den Prachtbeeten geführt wurden. »Wie schade, daß wir euch das nicht nachmachen können«, hatte Grete bedauernd gesagt. Der kluge Vetter Albert wußte aber sogleich Rat: »Wenn ihr einen Balkon habt, so macht euch doch so eine Art fliegenden Garten«, sagte er.

»Wie meinst du denn das?« fragte Grete. »Das verstehen wir nicht.«

»Nun, das ist doch sehr einfach«, erklärte Albert. »Ihr stellt lange Kisten, so breit diese für euren Balkon passen, rundherum, oder auch nur an den Seiten, wie ihr wollt, füllt diese mit Erde und nehmt etwas künstlichen Dünger darunter. Da hinein sät und pflanzt ihr, was euch gefällt. Ihr könnt euch ja auch beliebige Figuren machen, aber ihr dürft nicht vergessen, fleißig zu gießen und die Anlagen von Unkraut freizuhalten. So viel kann ich euch versichern, daß ihr viel mehr Freude an den selbstgezogenen Blumen haben werdet als an den gekauften.«

Die kleinen Kusinen waren sehr erfreut über den guten Vorschlag und wollten das auch gleich nächstes Jahr probieren.

»Was treibt ihr denn den ganzen Tag?« fragte Lotte, »freut ihr euch in der Stadt auch so sehr auf den Sommer?«

»Gewiß, wir freuen uns riesig darauf«, antwortete Grete. »Bei uns sind doch wunderschöne Gärten, wohin wir täglich mit unserem Fräulein gehen, sobald wir aus der Schule gekommen sind und Mittag gegessen haben.« Und nun nahm das Erzählen kein Ende, wie herrlich sie mit ihren Freundinnen in den Gärten und auf den Spielplätzen sich belustigten.

»Und welch ein schönes Schulfest haben wir nicht alle Jahre«, fuhr Grete fort. »Mit Musik marschieren wir schon am frühen Morgen mit unseren Lehrern und Lehrerinnen hinaus in den Wald oder sonst an freie, schöne Plätze; da geht es dann gar lustig zu. Die Lehrer spielen mit uns allerlei Spiele; auch Würfelbuden sind dort, und an Erfrischungen aller Art ist kein Mangel. Ich sage euch, das ist wirklich prächtig, und wir freuen uns schon lange vorher darauf.«

»Siehst du wohl, Lotti,« sagte Albert, »wir brauchen uns nicht einzubilden, daß wir etwas auf dem Lande vor den Stadtkindern voraus haben, die haben wieder Freuden anderer Art.«

+++

Die drei Wochen waren den glücklichen Kindern pfeilschnell dahingegangen, und sie waren sehr betrübt, als die Trennungsstunde nahte. Albert und Walli gaben sich das Versprechen, nie wieder unfolgsam zu sein. Sie hatten sich dadurch, daß sie der Eltern Verbot nicht beachtet, um zwei schöne Wochen eines frohen Beisammenseins gebracht. Walli nahm sich vor, auch ihrem Fräulein, deren Schutz sie die besorgten Eltern anvertrauten, gehorsam sein zu wollen.

So hatten die trüben Erfahrungen wenigstens gute Folgen gehabt, und alle lieben Kinder, die es lesen, werden es sich gewiß zur Warnung dienen lassen und immer auf das Verbot der Eltern und deren Stellvertreter achten.

Grete und Walli waren noch recht oft bei den gütigen Verwandten zum Besuch, wo sie noch viele köstliche Tage verlebten. Auch Albert und Lotte weilten zuweilen mit ihren Eltern bei dem Onkel und der Tante in Berlin. Sie überzeugten sich nun selbst davon, daß die Freuden des Lebens sehr verschieden sind. Während sie sich daheim an dem Zauber und der Allmacht Gottes erfreuen konnten, der die Welt so schön geschaffen, staunten sie in der Stadt über die Kunst kluger und begabter Menschen, die so Wunderbares leisten können. Alles sind Gnadengeschenke Gottes, die wir zu unserer Freude und unserer Veredelung empfangen haben. Ob in der Stadt oder auf dem Lande, überall waltet ein gütiger Vater über uns, der einem jeden gibt, was zu seinem Heile dient. Alle sollen wir seine Liebe und Güte dankbar anerkennen und mit jedem Tag besser werden und so dem ewigen Licht entgegenstreben.

Eigene Buchreihe oder eigenen Verlag gründen

Seit 2009 bietet tredition sein Verlagskonzept auch als sogenanntes "White-Label" an. Das bedeutet, dass andere Unternehmen, Institutionen und Personen risikofrei und unkompliziert selbst zum Herausgeber von Büchern und Buchreihen unter eigener Marke werden können. tredition übernimmt dabei das komplette Herstellungs- und Distributionsrisiko.

Zahlreiche Zeitschriften-, Zeitungs- und Buchverlage, Universitäten, Forschungseinrichtungen u.v.m. nutzen diese Dienstleistung von tredition, um unter eigener Marke ohne Risiko Bücher zu verlegen.

Alle Informationen im Internet: **www.tredition.de/fuer-verlage**

tredition wurde mit mehreren Innovationspreisen ausgezeichnet, u. a. mit dem Webfuture Award und dem Innovationspreis der Buch Digitale.

tredition ist Mitglied im Börsenverein des Deutschen Buchhandels.

Dieses Werk elektronisch lesen

Dieses Werk ist Teil der Gutenberg-DE Edition DVD. Diese enthält das komplette Archiv des Projekt Gutenberg-DE. Die DVD ist im Internet erhältlich auf **http://gutenbergshop.abc.de**